KB213720

책 속 캐릭터가 팡팡

북모티콘
만들기

독서교육과 디지털 리터러시의 만남

책 속 캐릭터가 팡팡
북모티콘
만들기

최용훈 지음

학교
도서관
저널

왜 글로만 표현해야 할까?

초등학교 시절, 방학이 주는 해방감을 만끽하며 정신없이 보내다가 개학하기 며칠 전부터 밀린 방학 숙제들을 부랴부랴 해결하곤 했는데, 항상 마지막에 남는 숙제가 원고지에 독서감상문 작성하기였습니다. 꾸역꾸역 원고지에 한 자 한 자 작성하면서 드는 생각이 '왜 글로만 표현해야 하지?' 였습니다.

많은 시간이 지났지만 교육 현장의 독서 후 표현 활동은 원고지에서 독서기록장으로 형식만 바뀌었을 뿐 여전히 글쓰기에 머무르고 있는 경우가 많습니다. 글쓰기 활동 자체를 부정하는 것은 아닙니다. 책을 읽고 내용을 요약하거나 나의 생각을 정리하면서 글로 표현해 보는 활동은 매우 중요합니다. 하지만, 초등학교 시절부터 이런 활동들을 수없이 반복해 왔다는 걸 떠올려 보니 방법론에 대한 회의감이 드는 것이지요.

리터러시, 읽기와 쓰기 활동을 넘어
새로운 콘텐츠 창작의 도구로

책은 꽤 오랫동안 지식과 정보를 담고 있는 유일한 매체였지만, 시대가 바뀌고 다양한 디지털 도구와 미디어를 통해 지식을 획득할 수 있고 소통도 가능해지면서 리터러시의 영역이 점차 넓어졌습니다. 문자와 책을 넘어 다양한 미디어와 디지털 분야로 확장되고 있습니다.

급변하는 지식정보화 시대에 적절히 대응하려면 디지털 환경에서 읽기와 쓰기 활동을 꾸준히 해야 합니다. 도구가 인쇄 매체인 책에서 복합 양식을 기반으로 한 미디어로 바뀌었지만, 글을 읽고 쓰는 활동을 통한 상호작용은 여전히 중요하기 때문입니다. 읽은 내용을 형상화하고 창의성을 향상시키는 독서 활동의 가치도 달라지지 않았습니다. 변화된 환경에 맞춰 각종 미디어 매체와 디지털 기기들을 활용할 뿐만 아니라 새로운 콘텐츠를 창작할 수 있는 독서활동은 없을까요?

뻔하지 않은 책놀이, 북모티콘 만들기

독서는 단순히 문자를 눈으로 따라가는 활동이 아닙니다. 책 속에 표현된 여러 단어와 문장을 읽으면서 머릿속으로 등장인물, 배경, 상황 등을 상상해 보기도 하고 의미에 대해 생각해 보면서 내용을 형상화하는 과정이라고 할 수 있습니다. 이 책은 읽은 내용을 형상화하는 과정에 초점을 두고 책 속 등장인물이나 캐릭터의 감정, 표정, 행동, 상황, 사물 등을 이모티콘으로 제작하는 방법을 소개합니다. 문자로 표현된 등장인물, 배경, 상황 등을 시각적으로 형상화하고, 이를 북모티콘으로 제작하면서 디지털 리터러시 역량을 향상시킬 수 있습니다. 즉 북모티콘 만들기를 통해 문자 리터러시를 시각 리터러시로 전환하고, 이를 다시 디지털 리터러시로 전환하는 활동을 하게 되는 것입니다. 이렇게 만든 북모티콘은 각종 SNS에서 활용할 수 있으며, 다양한 후속 활동을 통해 자신만의 특별한 굿즈를 제작할 수도 있습니다.

학생들은 급변하는 독서 환경 속에서 북모티콘 만들기 활동을 통해 책과 디지털 도구를 매개로 새로운 콘텐츠를 창작하고 활용하는 역동적인 주체로 성장할 수 있습니다. 교육 현장에서 독서의 전통적 가치를 이으며 새로운 미디어를 활용하고 창작하는 북모티콘을 경험하는 학생이 꾸준히 늘어나고, 북모티콘이라는 새로운 책놀이 문화가 활발하게 형성되기를 기원합니다.

인터넷 검색창에 '리딩에듀 북트레일러 연구소'를 입력하면 홈페이지(booktrailer.
co.kr)를 검색하고 접속할 수 있습니다. 메인 화면의 'BookMoticon' 메뉴에서
애니메이션 북모티콘의 움직임을 확인할 수 있으며, 제작노트와 이모지 퀴즈
등 관련 자료를 다운로드 받을 수 있습니다.

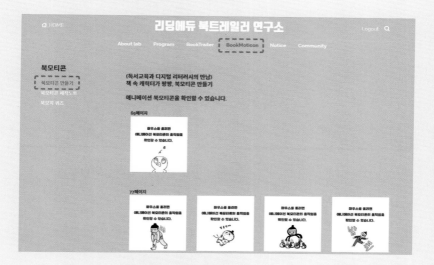

스마트폰의 경우 각 페이지에 있는 QR코드를 스캔하면, 애니메이션 북모티
콘의 움직임을 확인할 수 있으며, 관련 자료를 다운로드 받을 수 있습니다.
PC버전의 홈페이지에서 더욱 많은 내용을 확인할 수 있습니다.

차례

01
이모티콘

02
북모티콘을 활용한 독서활동 프로그램

03

북모티콘
제작 실습

이모티콘

01

이모티콘에 대해 알아볼게요

이모티콘^{Emoticon}이란 감정을 뜻하는 'Emotion'과 컴퓨터의 프로그램이나 폴더 등 기능을 기호적 형상으로 표시한 'Icon'의 합성어로, 컴퓨터나 휴대폰의 문자와 기호를 조합해 만든 그림 문자입니다. 국립국어원 우리말 다듬기 자료집에서는 '그림말'이라고 표현하고 있습니다.

우리는 컴퓨터, 태블릿, 스마트폰을 활용해 각종 SNS^{Social Network Service}나 문자메시지에 다양한 감정을 표현하기 위해 이모티콘을 활용하고 있습니다. 저마다 자신이 처해 있는 상황이나 행동을 이모티콘을 통해 간단하게 직관적으로 표현하기도 합니다. 이렇게 이모티콘은 미디어 환경에서 감정을 표현하는 수단으로, 일종의 '메타 커뮤니케이션^{metacommunication}(비언어적 의사전달)' 도구로 활용되고 있습니다.

　이모티콘은 PC통신과 휴대전화가 보급되면서 활발하게 사용되기 시작했습니다. 초기에는 문자, 숫자, 기호 등을 조합한 단순한 형식으로 제작되었지만, 현재는 움직임과 소리가 포함된 다양한 형식으로 제작되고 있습니다.

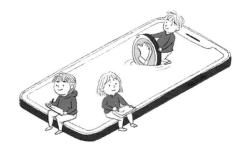

이모티콘의 역사

이모티콘과 관련된 다양한 자료와 논문들을 살펴보면, 이모티콘의 시초에 대한 주장이 여러 가지 존재합니다. 고대 이집트의 상형문자부터 근대에 이르기까지 다양합니다. 현재 어떤 자료가 최초의 이모티콘인지 확정하기에는 의견과 주장이 분분하기 때문에 이 책에서는 다양한 자료를 분석한 내용을 토대로 여러 가지 설說에 대해 정리해서 안내하도록 하겠습니다.

첫 번째는 1648년 미국의 시인인 로버트 헤릭Robert Herrick이 자신의 시 「TO FORTUNE」에 사용했다는 설입니다. 시 본문 중 'smiling yet' 바깥 괄호에 웃는 표정의 이모티콘 ':)'이 사용된 걸 볼 수 있습니다. 시의 내용을 비유적으로 표현하기 위해 문장부호를 사용하였기에 이를 최초의 이

ROBERT HERRICK

TO FORTUNE

Tumble me down, and I will sit
Upon my ruines (smiling yet :)
Teare me to tatters ; yet I 'le be
Patient in my necessitie.
Laugh at my scraps of cloaths, and shun
Me, as a fear'd infection :
Yet scarre-crow-like I 'le walk, as one,
Neglecting thy derision.

로버트 헤릭(Robert Herrick) 시 'TO FORTUNE'

모티콘이라고 하는 주장도 존재합니다. 하지만 로버트 헤릭이 자신의 시에 문장부호를 활용한 이모티콘을 사용한 것인지, 훗날 타이핑하는 과정에서 생긴 오류인지 명확하지 않습니다. 연필과 만년필이 상용화되기 전인 1600년대에는 새의 깃을 깎아서 만든 깃펜과 같은 필기도구를 이용해서 글을 작성했을 텐데, 시의 본문은 타자기와 같은 도구를 활용해서 인쇄되었습니다. 타자기는 1800년대 초반에 발명되었으며, 중반에 상용화되었습니다. 따라서 로버트 헤릭이 최초로 이모티콘을 사용했다는 주장은 설득력이 떨어집니다.

두 번째 설은 우리가 잘 알고 있는 링컨 대통령 이야기입니다. 1862년 8월 7일 〈뉴욕 타임스The New York Times〉에 에이브러햄 링컨Abraham Lincoln 대통령의 연설 내용 원문과 당시 청중들의 분위기가 담긴 기사가 실리게 됩니다. 연설문에는 청중들의 반응이 'applause and laughter(박수와 웃음)'으로 표현되어 있고, 바깥 괄호에 문장부호를 활용하여 윙크하면서 웃고 있는 듯한 이모티콘 ';)'이 사용되었습니다. 링컨 대통령이 이모티콘을 직접 사용한 것은 아니라서 기사를 작성하면서 생긴 오류로 볼 수도 있습니다.

THE PRESIDENT'S SPEECH.
FELLOW-CITIZENS: I believe there is no precedent for my appearing before you on this occasion, [applause] but it is also true that there is no precedent for your being here yourselves, (applause and laughter ;) and I offer, in justification of myself and of you, that, upon examination, I have found nothing in the Constitution against.

〈뉴욕 타임스〉 기사 내용

하지만 당시 청중들의 분위기를 간접적으로 드러낸 듯한 이 표현을 최초의 이모티콘으로 보는 의견이 더 많았습니다.

세 번째는 미국의 유머잡지인 〈퍽 매거진Puck magazine〉에서 사용되었다는 설입니다. 퍽 매거진은 1876년 처음 출간되었으며 다채로운 만화와 캐리커처를 활용하여 당시 이슈와 정치적 풍자를 다루면서 성공한 미국 최초의 유머 잡지입니다. 그림 광고를 게재한 최초의 잡지로서 주로 19세기 후반부터 20세기 초반의 정치, 경제, 사회 등 여러 문제를 풍자하면서 대중들에게 사랑을 받으며 1918년까지 출판되었습니다. 1881년 3월 30일에

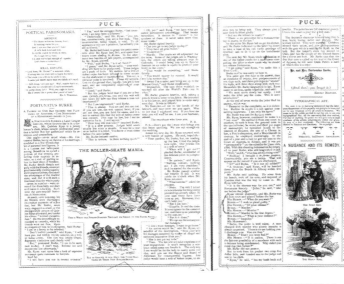

퍽매거진 이모티콘

발행된 본문 내용 중 'Typographical Art'라는 제목으로 '기쁨, 우울, 무관심, 놀람'이라는 감정을 표현한 이모티콘은 문자나 숫자가 아닌 '모스 부호'를 활용한 독특한 형식으로 만들어졌습니다.

온라인 최초의 이모티콘

이모티콘의 역사는 한 세기를 뛰어넘을 만큼 오래 되었지만, 온라인에서 이모티콘을 본격적으로 사용하게 된 것은 40년 정도밖에 안 되었습니다. 현재 많은 사람들이 컴퓨터와 스마트폰을 활용하여 온라인상에서 다양한 형식의 이모티콘을 소통의 도구로 활발하게 사용하고 있습니다. 그렇다면 온라인에서 이모티콘을 최초로 사용한 사람은 누구일까요?

19-Sep-82 11:44 Scott E Fahlman :-)
From: Scott E Fahlman
I propose that the following character sequence for joke markers:
:-)
Read it sideways. Actually, it is probably more economical to mark things that are NOT jokes, given current trends. For this, use:
:-(

스콧 팔먼 이모티콘

해석

아래의 문자 형태를 농담을 뜻하는 표시로 사용할 것을 제안합니다.

:-)

옆으로 읽어주세요. 사실, 이런 경우라면 농담이 아니라는 것을 표시하는 게 덜 소모적일 수 있습니다.

농담이 아니라는 표시는 이렇게 쓰세요.

:-(

1982년 9월 19일에 카네기멜런대학교 컴퓨터공학과의 스콧 팔먼Scott Fahlman 교수가 올린 글이 온라인에서 사용한 최초의 이모티콘으로 알려져 있습니다. 당시 카네기멜런대학교 컴퓨터공학과에서는 인터넷의 80년대 버전이라고 할 수 있는 인트라넷 게시판을 운영하고 있었습니다. 게시판에는 강의 공지사항이나 학생회 일정뿐만 아니라 일상 이야기와 다양한 주제에 대해 토론과 소통하는 글이 올라왔습니다. 그런데 올라오는 글 중 사소한 농담조의 글과 댓글로 네티즌들 간에 언쟁이 벌어지거나 다툼이 발생합니다. 스콧 팔먼 교수는 불필요한 오해를 막아 보고자 학과 온라인 게시판에 특정 상황에서는 이모티콘을 사용하자고 제안합니다.

이렇게 제안한 이모티콘이 온라인상에서 많은 사람들에게 활용되면서 '스마일리'라는 별칭을 얻었으며, 세계 최초의 디지털 이모티콘으로 기네스북에 등재되었습니다. 콜론, 하이픈, 괄호 등 단순한 문장부호를 조합하여 만든 이모티콘은 온라인 이모티콘 역사의 한 획을 그었습니다.

이모티콘의 종류

　이모티콘과 관련된 다양한 자료들을 살펴보면, 이모티콘의 종류가 매우 다양하게 세분화되어 복잡한 양상을 보이고 있습니다. 관련 자료를 취합하여 공통된 요소들을 정리하고 분류하면 1세대, 2세대, 3세대로 나눌 수 있습니다.

[1세대]

텍스트 이모티콘　　　　　　　　　아스키 아트

[2세대]

그래픽 이모티콘　　이모지　　스티커(그림) 이모티콘

2007년
아이폰 1세대 출시

[3세대]

융합 이모티콘　　애니메이션 이모티콘　　실사 이모티콘 (리얼콘)　　애니모지

AR이모지, 미모지

1세대: 텍스트 이모티콘

텍스트 이모티콘은 문자, 숫자, 기호 등으로 구성된 이모티콘을 뜻하며, 문자 이모티콘으로 불리기도 합니다. 텍스트 이모티콘과 유사한 형식이지만 차별성을 가지고 있는 아스키 아트에 대해서도 살펴보겠습니다.

텍스트(문자) 이모티콘

텍스트 이모티콘은 스마트폰이 활성화되기 전 PC통신이나 핸드폰 메시지에서 문자 위주로 만든 이모티콘으로, 문자 이모티콘이라고도 합니다. 단순한 문자, 숫자, 기호, 특수 문자 등을 조합하여 다양한 감정을 표현하는 이모티콘으로 캐럿 부호(^)를 활용하여 즐거운 표정을 표현한 '^^', 한글 모음을 활용하여 슬픈 표정을 표현한 'ㅠㅠ' 같은 형식이 대표적인 예라고 할 수 있습니다.

국내뿐만 아니라 해외 여러 나라에서 자국의 문자와 숫자, 특수 문자 등을 조합하여 다양한 감정을 표현하고 있습니다. 통화 기능과 문자 메시지 전송, 카메라 등의 기본적인 기능을 탑재한 휴대폰(Feature phone)이 처음 보급되던 시기에는 통신사의 요금제 약정에 따라 통화시간과 메시지 전송 건수가 정해져 있었습니다. 제한된 분량으로 전달하고자 하는 내용

	웃음, 기쁨	슬픔	화남	놀람
한국	^^ ^ㅁ^ *^^*	ㅠㅠ T_T Y.Y	-_-^ =_=; ㄱ_ㄱ	O.O OwO *_*
일본	(≧▽≦)/o (*￣▽￣*)ブ	o(T◇To) (ノ◇、)	(╬￣皿￣)凵 凵`0′凵	(#°Д°) Σ(っ°Д°;)っ
미국	:-) :D =)	:'(:-(=(	;(:O(>:(	:-O :O :-x

각국의 이모티콘

을 최대한 전달해야 했기에 이모티콘은 선택이 아닌 필수가 되었습니다. 이후 휴대전화 제조사들은 문자메시지를 입력할 때 이용자들이 자주 사용하는 다양한 이모티콘을 미리 만들어서 쉽게 입력할 수 있도록 하는 기능을 탑재했습니다. 또한, 통신사 홈페이지에 접속해서 기념일이나 특별한 내용을 담고 있는 복잡한 형식의 다양한 문자 이모티콘들을 유료로 전송하는 서비스를 제공하곤 했습니다.

아스키 아트

아스키 아트^{ASCII Art}는 아스키 코드에 포함된 문자와 기호를 사용해서 제작한 그림입니다. 텍스트 아트 혹은 문자그림으로도 불리며, 영문 이름의 첫 자만 모아서 'AA'로 지칭하기도 합니다. 컴퓨터는 문자를 문자로 인식하지 못하고, 숫자(2진수)로 인식하고 표현합니다. 예를 들어, 대문자 A는 65로, B는 66으로 표현하게 되는데, 각 국가나 사람들마다 개별 규칙을 정하게 되면 소통의 오류가 발생하게 됩니다. 그래서 모든 국가와 사람들이 공통적으로 쓸 수 있는 표준 규격이 필요한데, 이것이 바로 아스키 코드입니다.

아스키 코드는 미국정보교환표준부호^{American Standard Code for Information Interchange}로, 줄여서 ASCII로 표기합니다. 1963년 제작되었으며 알파벳에 기초를 둔 대표적인 문자 인코딩 방식으로, 컴퓨터와 통신 장비를 비롯한 문자를 사용하는 다양한 장치에서 사용되며, 대부분의 문자 인코딩이 아스키 코드에 기초를 두고 있습니다.

단순한 이미지에서부터 명암을 활용하여 정교하게 제작된 아스키 아트를 인터넷에서 검색해 볼 수 있으며, 움직이는 형식의 아스키 아트도 찾아볼 수 있습니다. 아스키 아트는 아스키 코드를 사용하여 다양한 이미지

b7 b6 b5 →→→ Bits					0 0 0	0 0 1	0 1 0	0 1 1	1 0 0	1 0 1	1 1 0	1 1 1
b4	b3	b2	b1	Column / Row	0	1	2	3	4	5	6	7
0	0	0	0	0	NUL	DLE	SP	0	@	P	`	p
0	0	0	1	1	SOH	DC1	!	1	A	Q	a	q
0	0	1	0	2	STX	DC2	"	2	B	R	b	r
0	0	1	1	3	ETX	DC3	#	3	C	S	c	s
0	1	0	0	4	EOT	DC4	$	4	D	T	d	t
0	1	0	1	5	ENQ	NAK	%	5	E	U	e	u
0	1	1	0	6	ACK	SYN	&	6	F	V	f	v
0	1	1	1	7	BEL	ETB	'	7	G	W	g	w
1	0	0	0	8	BS	CAN	(	8	H	X	h	x
1	0	0	1	9	HT	EM	)	9	I	Y	i	y
1	0	1	0	10	LF	SUB	*	:	J	Z	j	z
1	0	1	1	11	VT	ESC	+	;	K	[	k	{
1	1	0	0	12	FF	FS	,	<	L	\	l		
1	1	0	1	13	CR	GS	—	=	M	]	m	}
1	1	1	0	14	SO	RS	.	>	N	^	n	~
1	1	1	1	15	SI	US	/	?	O	_	o	DEL

1972년 프린터 사용 설명서에 게시된 아스키 코드 차트표

를 생성할 수 있지만, 이모티콘과 달리 핸드폰이나 스마트폰에서 제작하고 공유하기가 어렵습니다.

2세대: 그래픽 이모티콘

2007년 6월 29일에 출시된 애플의 스마트폰인 아이폰 1세대는 혁신적인 변화를 꾀하며 이전까지 우리의 일상에 없었던 경험과 편리함을 제공하였습니다. 스마트폰이 통화 수단을 넘어서서 다양한 어플리케이션을 활용하여 검색, 게임, 금융 등을 할 수 있는 응용 기기로 사용된 것입니다. 종합 서비스 매체로 생활의 편리성을 더한 것이지요.

스마트폰의 등장은 이모티콘의 표현 방식에도 많은 영향을 끼쳤습니다. 문자와 기호를 활용한 텍스트 형태에서 디지털 이미지로 표현된 그래

QR코드를 스캔하면 움직임이 있는 아스키 아트 영상을
감상할 수 있습니다.

픽 형식으로 바뀌게 된 것입니다. 문자 하나하나를 입력해야 했던 텍스트
이모티콘과 달리 그래픽 이모티콘은 그림 하나로 감정을 간편하고 직관적
으로 표현할 수 있게 해 주었습니다. 그래픽 이모티콘은 크게 '이모지'와
'스티커(그림) 이모티콘'으로 분류됩니다.

이모지

세계에서 가장 권위 있는 영어사전으로 인정받고 있는 '옥스포드 사
전'에서 매년 주목할 만한 트렌드^{trend}를 나타내는 영단어를 선정하여 발표
합니다. 2015년에 선정된 '올해의 단어'는 무엇이었을까요? 문자나 단어가
아닌 '기쁨의 눈물을 흘리는 얼굴' 이모지가 선정되었습니다. 당시 몇몇 뉴
스에서 해외토픽으로 소개가 될 정도로 화제가 되기도 했었는데요, 현대
언어생활에서 이모지가 얼마나 많은 비중을 차지하고 있는지 보여 주는
흥미로운 사건입니다. 이모지는 사람의 표정을 소재로 눈과 입 등을 사용
하여 주로 감정을 전달하는 목적으로 사용됩니다.

이모지란 유니코드 체계를 이용해 만든 그림 문자를 의미하며, 그림을
뜻하는 일본어 '繪(え, 에)'와 문자를 뜻하는 일본어 '文字(もじ, 모지)'의 합

Oxford Dictionaries Word of the Year 2015 is...

That's right – for the first time ever, the Oxford Dictionaries Word of the Year is a pictograph: 😂, officially called the 'Face with Tears of Joy' emoji, though you may know it by other names. There were other strong contenders from a range of fields, outlined below, but 😂 was chosen as the 'word' that best reflected the ethos, mood, and preoccupations of 2015.

2015 올해의 단어

성어입니다. 이모지는 일본 최대 IT 기업이자 이동통신사 중 하나인 소프트뱅크Softbank의 전신이라고 할 수 있는 'J-Phone'에서 1997년 11월 1일에 'SkyWalker(모델명 DP-211SW)' 휴대전화를 출시하면서 일부 서체에 90개의 이모지를 포함한 것을 시작으로 탄생했습니다. 하지만 당시 새롭게 출시된 휴대전화는 높은 가격으로 판매가 부진하면서 인기를 끌지 못했으며, 전송한 이모지가 다른 휴대전화와 호환이 되지 않아서 최초의 이모지는 대중적으로 알려지지 않았습니다.

1999년에 일본 최대 가입자 수를 보유한 이동통신사 'NTT 도코모DoCoMo'는 자사의 모바일 전용 인터넷인 '아이모드i-mode'를 만들면서 12×12 픽셀 크기 이모지 176개를 제작했습니다. SMSShort Message Service나 메일 등에서 문자로만 소통하면 서로의 의중을 알기 어렵다는 이유로 여러 단

최초의 이모지

'NTT 도코모' 이모지

어를 간단한 그림으로 표현한 것입니다. 이 이모지는 SMS와 메일로 전송이 가능하고 재미있게 표현되어 일본 내에서 많은 사랑을 받으며 대중화되었습니다.

이후 다른 통신사에서도 경쟁적으로 이모지를 선보이면서 다양한 이모지는 새로운 시각 언어 성장의 씨앗이 되었습니다. 이렇게 일본에서만 사용되던 이모지는 애플과 구글의 전폭적인 지원을 받으면서 전 세계로 확산됩니다.

2008년 6월 이모지를 포함한 애플의 아이폰 OS 2.2 버전이 일본에서 출시되었고, 2011년 iOS 5 버전을 출시하면서 전 세계 유저들이 이모지를 사용하기 시작했습니다. 2009년에는 구글 Gmail에서도 이모지 기능을 추가하여 사용할 수 있게 되었고, 2010년에는 이모지가 유니코드에 수록되면서 스마트폰 제조업체와 다양한 플랫폼 개발 업체에서 이모지 기능을 탑재한 제품들을 출시하였으며, 스마트폰과 소셜 미디어의 확산으로 이모지 사용량이 폭발적으로 증가하게 되었습니다.

이모지피디아 창립자인 제레미 버지Jeremy Burge는 2014년에 7월 17일을 이모지 탄생을 기념하는 '세계 이모지의 날'로 지정하였습니다. 7월 17일

이모지 공식 홈페이지

로 정하게 된 이유는 유니코드에 등록된 애플 달력 이모지의 날짜가 7월 17일을 표시하고 있어서라고 합니다. 이모지는 세계화 시대에 전 세계인을 하나로 묶는 공통어로서 세계의 문화와 흐름을 담고 있을 뿐만 아니라, 세계인의 인식을 담는 범세계적 커뮤케이션 도구에서 디지털 언어로 자리 잡고 있습니다.

이모지 공식 홈페이지인 EMOJIALL(emojiall.com/ko)에서 각 이모지의 의미, 인기 이모지 순위를 확인할 수 있고, 여러 플랫폼에서 제공하고 있는 이모지들을 무료로 다운로드 할 수 있습니다. 이모지는 스마트폰의 문자메시지, 카카오톡 메신저 등 각종 소셜 미디어에서 사용할 수 있으며, 컴퓨터에서도 단축키를 통해 이모지를 사용할 수 있습니다. 윈도우 단축키는 '[윈도우]+[.(마침표)] 또는 [윈도우]+[;(쌍반점)]이고, 애플 맥북(mac OS) 단축키는 [control]+[command]+[space]입니다.

유니코드 컨소시엄이 수집한 데이터에 따르면, 전 세계 인터넷 사용 인구의 90%가 이모지를 사용하며, 페이스북에서만 하루 7억 개가 넘는 이모지가 게시물에 쓰이고 있고, 하루 평균 60억 개의 이모지가 사용되고

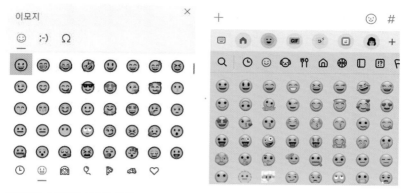

컴퓨터와 스마트폰 이모지 화면

레 미제라블 이모지

있다고 합니다. 이모지는 21세기 상형문자로 불리고 있을 정도로 글로벌 언어라고 할 수 있습니다.

많은 사람들이 이모지만으로 일상적인 대화를 나누기도 하고, 소설을 이모지로 번역하기도 하고, 일종의 놀이 문화로도 활용하고 있습니다. 이런 대화 형식을 '이모지 내러티브Emoji Narrative'라고 합니다. 일부 트위터 사용자들은 빅토르 위고의 소설 『레 미제라블』을 68개의 이모지로 번역하기도 했습니다. 레 미제라블 이모지를 보면 아무렇게나 나열한 듯 보이지만, 자세히 살펴보면 주인공 장 발장의 굴곡 많은 인생뿐만 아니라, 뮤지컬

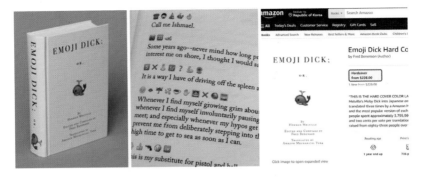

『EMOJI DICK』

이모지 퀴즈

〈레 미제라블〉에서 마지막을 장식하는 프랑스 국가 〈La Marseillaise〉가
연상되도록 만들었습니다.

심지어 이모지로 쓰인 책도 있습니다. 미국의 프로그램 개발자인 프레
드 베넨슨Fred Benenson은 이모지 번역 프로젝트를 기획하고, 크라우드 펀딩
Crowd Funding을 통해 모금한 자금을 바탕으로 여러 사람들과 허먼 멜빌의 소
설 『모비 딕Moby-Dick』을 이모지로 번역한 『EMOJI DICK』을 2009년에 출간
했습니다. 양장본의 경우 아마존에서 200달러가 넘는 가격에 판매되고 있
으며, 2012년에는 미국의회도서관Library of Congress 장서로 등록되었습니다.

사람들은 문자메시지나 각종 SNS에서 이모지로 감정이나 상황을 간단하게 표현하기도 하고, 이모지만으로 소통하기도 합니다. 또한 소설을 이모지로 번역하기도 하고 웹툰, 영화, 역사 등 다양한 분야에서 이모지를 조합하여 제목이나 역사적인 사실과 지식을 알아가는 퀴즈로 활용하기도 합니다.

스티커(그림) 이모티콘

스마트폰의 등장은 우리 삶에 획기적인 변화를 가져다 주었습니다. 언제 어디서든 인터넷에 접속할 수 있고, 사용자마다 필요에 따라 다양한 어플리케이션을 다운로드 받아 화면 구성과 기능을 커스터마이징하면서 사용할 수 있게 된 것이죠. 2010년 3월에 서비스를 시작한 카카오톡 메신저는 등장과 동시에 이전의 제한된 기능의 문자메시지 서비스에 불편함을 느끼던 사용자들에게 폭발적인 인기를 얻게 되었습니다. 전송하는 메시지의 문자 용량과 횟수에 제한이 없으며, 문자뿐만 아니라 사진과 음성, 영상까지 무료로 전송할 수 있다는 점에서 단시간에 우리나라 대표 메신저로 자리 잡게 되었지요. 뿐만 아니라 감정을 직관적으로 표현한 다양한 이모티콘을 무료로 제공하면서 온라인 공간의 대화 분위기에도 많은 영향을 미치며 새로운 커뮤니케이션 문화를 만들었습니다.

카카오 프렌즈

라인 프렌즈

스티커(그림) 이모티콘은 캐릭터를 바탕으로 디자인된 움직이지 않는 이모티콘입니다. 텍스트를 직접 입력하지 않고 모바일 서비스에서 제공하는 이모티콘을 사용해 감정을 직관적으로 표현할 수 있습니다. 카카오 프렌즈와 라인 프렌즈가 주로 사용하고 있는 모바일 메신저 이모티콘의 대표 캐릭터라고 할 수 있습니다.

3세대: 융합 이모티콘

그래픽 이모티콘은 텍스트 이모티콘에 비해 사용자의 감정이나 상황을 직관적으로 표현할 수 있습니다. 하지만 정지된 이미지로는 복잡한 상황을 전달하는 데 한계가 있습니다. 이를 보완할 수 있는 융합 이모티콘이 등장했습니다. 스마트폰과 이모티콘 기술의 발전과 다양한 수요로 인해 움직임 있는 이모티콘, 소리가 포함된 이모티콘, 기존보다 큰 형식의 이모티콘 등 다양한 형식으로 발전하고 있습니다. 융합 이모티콘으로는 애니메이션 이모티콘, 실사 이모티콘, 애니모지, AR이모지가 있습니다.

애니메이션 이모티콘

애니메이션 이모티콘은 애니메이션의 제작 원리를 활용하여 만든 움직임이 있는 이모티콘입니다. 기존의 이모티콘에 비해 생생한 움직임이 반영된 형태로 상대방에게 친밀감을 형성하며, 다양한 감정 표현과 상황 전달이 가능하기 때문에 최근 많은 인기를 얻으며 사용 빈도가 높아지고 있습니다. 이러한 이모티콘은 동작과 소리를 포함한 동적인 형태를 통해 시각적으로 생동감 있는 표현을 할 수 있게 하고, 조형적으로 표현 수단을 다양하게 해 줍니다. 사용자들은 이러한 이모티콘을 '애니콘', '플래시콘',

©박지후(선부고등학교)

'사운드콘', '움직이는 이모티콘'을 줄인 '움티' 등 다양한 명칭으로 부르고 있습니다.

 애니메이션 원리

애니메이션이란 움직이지 않는 것에 움직임을 부여해서 생명력을 불어넣는 것입니다. 움직임이 조금씩 다른 사진을 빨리 보면 움직이는 것처럼 보이는 이유는 '잔상 효과' 때문입니다. 잔상 효과란 눈을 통해 들어온 상이 사라진 후에도 짧은 시간 동안 뇌에 남아 있는 현상으로, 연결된 동작을 보이는 각기 다른 그림을 빠르게 보여 주면 마치 그 그림들을 연결된 것처럼 인식하는 원리입니다. 일반적으로 초당 15장 이상의 그림으로 자연스러운 움직임을 표현할 수 있습니다.

실사 이모티콘(리얼콘)

실사 이모티콘은 사람이나 동물, 캐릭터 등의 사진을 활용한 이모티콘으로, 카카오톡에서는 이러한 형식의 이모티콘을 '리얼콘'이라고 부르기도 합니다.

주로 연예인과 인플루언서의 사진을 활용한 것이 대부분이며, 실제 사진과 그래픽 요소를 합성하여 제작한 것이 있는가 하면, 연예인의 목소리나 효과음 등을 넣은 것도 있습니다. 최근에는 연예인의 사진을 애니메이션 형식으로 제작하여 간단한 움직임을 준 이모티콘이 대부분입니다.

실사 이모티콘 예시

애니모지(미모지)와 AR 이모지

애니모지Animoji는 'Animated'와 'Emoji'의 합성어로 사용자의 얼굴 표정을 그대로 이모티콘에 표현한 형식을 뜻합니다. 2017년 9월에 출시한 애플 아이폰 X(iOS 11)부터 도입된 기능입니다. SNS나 메신저 등에서 이모티콘을 사용할 때는 표현하려는 감정이나 상황과 유사한 이모티콘을 찾아서 전송해야 하지만, 애니모지를 활용하면 사용자의 얼굴 표정만으로 이모티콘 표현이 가능합니다.

애니모지는 안면 인식 기능인 페이스 ID로 이용자의 얼굴과 표정을 인

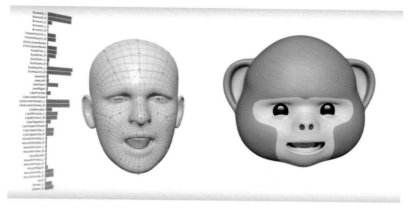

애니모지

식한 뒤 각종 동물 캐릭터에 반영해서 움직이는 이모티콘으로 변환하는 서비스입니다. 전면부 카메라와 센서를 활용해서 사용자의 표정을 분석한 뒤 캐릭터에 투사하는 방식입니다. 이용자의 표정과 동일하게 움직이는 3D 형식의 이모티콘을 제작할 수 있으며, 오디오가 포함된 비디오 형태로 전송할 수도 있습니다.

　AR 이모지는 'Augmented Reality'의 약자로 증강 현실 이모지를 뜻합니다. 2018년 3월에 출시한 갤럭시 S9부터 탑재된 기능입니다. 기존에는 이모티콘 플랫폼에서 제공하는 이모티콘을 무료로 다운로드 하거나 원하

삼성 AR 이모지

애플 미모지

는 이모티콘을 구입해서 사용했습니다. 이제는 스마트폰 사용자가 카메라에 탑재된 얼굴 인식 기능과 AR 이모지를 활용해 자신의 얼굴을 3D 이모티콘으로 만들 수도 있습니다.

2018년 10월에 iOS 12가 출시되면서 추가된 기능인 미모지Memoji는 'Me'와 'Animoji'의 합성어로 나를 닮은 또는 나만의 애니모지를 만들 수 있는 기능을 뜻하며, 미모티콘으로 불리기도 합니다. 피부 색상, 헤어스타일, 얼굴 모양, 눈, 코와 입, 귀 모양 등을 비롯해 다양한 액세서리까지 커스터마이징을 통해 나만의 이미지를 완성할 수 있습니다. 사용자의 모습이나 원하는 캐릭터를 이모지로 만들어 대화에 사용하거나 증강현실로 움직이게 만들 수도 있습니다.

AR 이모지와 미모지는 사용자의 표정을 그대로 따라합니다. 영상 통화를 할 때에도 본인의 얼굴 대신 제작한 AR 이모지와 미모지로 얼굴을 대체할 수 있으며, 카카오톡에서도 사용할 수 있습니다.

애니모지가 사용자의 얼굴 패턴을 인식해서 캐릭터에 반영하는 형식이라면, AR 이모지와 미모지는 사용자의 얼굴과 비슷한 모습으로 제작되어 다양한 표정과 감정을 표현할 수 있기에 전보다 더욱 진화된 형식입니다. 애니모지와 AR 이모지가 기존의 이모티콘과 차별화되는 가장 큰 특징은 사용자의 표정을 그대로 투영해서 표현한다는 점입니다.

이모티콘의 기능

현대인들은 비대면 커뮤니케이션 환경에 익숙해지면서 일상생활에서 간접적으로 감정을 표현할 수 있는 감정 대리 콘텐츠를 많이 소비하게 되었습니다. 이에 부응하는 대표적인 것이 바로 이모티콘입니다. 이모티콘은 텍스트만으로 전달하기 어려운 자신의 감정을 표현하고, 상대방의 감정을 더욱 효과적으로 이해할 수 있게 해 줍니다. 이모티콘은 기술의 발달에 따

©이아윤   ©김수민(해양중학교)   ©김수빈

감정과 표정을 형상화한 이모티콘

©김리연(아라고등학교)   ©이아윤   ©최영재(대부중학교)

행동과 상황을 형상화한 이모티콘

ⓒ김희경   ⓒ김예원   ⓒ안정애

사물을 형상화한 이모티콘

라 끝없이 발전할 수 있는 창조성과 특정 의미를 내포하여 직관적으로 표현할 수 있는 상형성을 가지고 있습니다. 이외에도 이모티콘은 다양한 활용성을 가지고 있습니다.

첫째, 감정, 표정, 상황, 행동, 사물, 텍스트 등의 형상화를 통해 폭넓은 묘사가 가능하고 다양한 형태로 상대방에게 의미를 전달할 수 있습니다. 이모티콘의 가장 기본적인 기능이 감정 표현이기 때문에 표정의 형상화가 텍스트 이모티콘에서부터 그래픽, 애니메이션 이모티콘까지 폭넓게 활용되고 있습니다. 또한 행동과 상황의 형상화를 통해 텍스트 방식의 의사소통보다 훨씬 효율적으로 의사를 전달할 수 있습니다. 사물을 의인화하거나 사물에 감정을 이입하면 표정 없이 감정을 표현할 수 있고, 표정이나 감정과 달리 특색 있는 이모티콘을 만들 수도 있습니다.

둘째, 이모티콘은 인터넷을 통해 커뮤니케이션을 할 때 효과적인 정보전달을 가능하게 합니다. 텍스트 형식의 정보가 내포하고 있는 감정적 정보의 부족은 상대방에게 자칫 딱딱한 느낌을 줄 수 있습니다. 이와 달리사용자의 감정이나 상태를 이모티콘을 매개로 하여 상대방에게 표현하고전달하면 비교적 부드러운 분위기를 만들어 감성적인 정보 교류가 가능합니다.

셋째, 이모티콘을 통해서 보다 신속한 메시지 전달을 할 수 있습니다. 일반적으로 상대방에게 감성적 표현을 보여 주기 위해서는 단일 단어가 아닌 복수의 단어가 삽입된 문장을 사용하여 의도하는 억양과 어감을 느끼도록 해야 합니다. 하지만 여러 문장으로 표현되는 상황을 간결한 이미지를 통해 함축적으로 표현할 수 있습니다.

넷째, 이모티콘은 시간과 공간의 한계를 넘어 언어 제한 없이 범세계적으로 사용할 수 있습니다.

이외에도 이모티콘은 시각적 기호로서 동일한 화면에서 사용 공간을 적게 차지하고 많은 정보를 전달할 수 있는 효율성, 직관적 인지가 가능하고 정보를 쉽게 기억할 수 있는 기억의 용이성, 시각적 표현에 의해 시선을 유도할 수 있는 주목성 등 특징을 가지고 있습니다.

이모티콘 플랫폼

이모티콘 플랫폼은 개인이나 기업에서 이모티콘을 제작하여 출시할 수 있는 마켓을 의미합니다. 이모티콘은 제안하기, 심사, 제안 승인, 상품화, 출시 과정을 거치게 됩니다. 국내의 이모티콘 작가들이 주로 활동하는 이모티콘 플랫폼으로는 카카오 이모티콘 스튜디오, 네이버 라인 크리에이터스, 밴드 파트너스, OGQ 마켓 등이 있습니다.

카카오 이모티콘 스튜디오

국내 대표 메신저로서 국민 대부분의 스마트폰에 설치되어 있는 카카오톡에서 활용할 수 있는 이모티콘 플랫폼으로 사용자와 수요가 가장 큰

플랫폼입니다. 초기에는 강풀, 이말년, 노란구미, 낢 4명의 웹툰 작가를 영입해 카카오 최초 이모티콘 콘텐츠를 만들었습니다. 1년을 준비해 2011년 11월에 이모티콘을 카카오톡에 배포하기 시작했습니다. 이후 출시된 이모티콘은 50만 개로 집계되었으며, 유료 이모티콘 출시가 본격화되면서 시장 규모는 급성장했습니다.

카카오톡 메신저, 카카오 TV, 다음 카페, 카카오스토리, 카카오페이지 등 카카오 연계 플랫폼에서 사용할 수 있으며, 전 연령층에서 대중적으로 사용되고 있을 정도로 이모티콘 시장에서 카카오톡은 절대적인 비중을 차지하고 있습니다. 카카오톡 플랫폼에서 이모티콘이 승인되어 판매 상위권에 드는 작가의 경우 억대 연봉을 수령한다는 뉴스도 쉽게 찾아볼 수 있을 정도로 경쟁률과 진입 장벽이 매우 높지만, 승인되면 안정적인 수익을 얻을 수 있습니다.

라인 크리에이터스

세상에서 하나뿐인 스티커와
이모티콘, 테마를 만들어 보세요.

등록하기

라인은 메신저로서 국내에서는 인지도와 사용자가 카카오톡에 비해서 낮은 편이지만, 일본을 비롯해 대만, 동남아시아 등 특정 나라에서 국민 메신저로 자리 잡을 만큼 해외에서 많이 사용하고 있습니다. 라인 크리에 이터스에서 출시한 이모티콘은 라인 메신저에서 사용됩니다.

네이버 밴드 파트너스

네이버 밴드는 중장년층에서 주로 사용하는 메신저로, 연령대가 높은 구성원들로 이루어진 동호회의 이용이 많은 편입니다. 그만큼 사용자 수가 많고 구매력이 높은 플랫폼이라고 할 수 있습니다. 네이버 밴드에서 스티커라는 이름으로 이모티콘이 판매되고 있으며, 전문적으로 활동하는 이모티콘 작가들은 주로 카카오톡과 네이버 밴드에서 활동하고 있습니다.

네이버 OGQ마켓

일부 네이버 사이트에서 사용할 수 있는 이모티콘을 서비스합니다. 최근 아프리카TV와 계약되어 판매 범위가 넓어졌습니다. 네이버 카페와 블로그에서 많이 사용되는 만큼 주로 포스팅에 사용하기 좋은 이모티콘들이 대다수를 차지하고 있습니다. 네이버 카페와 블로그, 아프리카 TV에서 사용할 수 있습니다.

이외에도 이모티콘을 글로벌 서비스하는 모히톡, 스티팝, 이모틱박스 등의 플랫폼이 있습니다. 모히톡은 최소 1개 단위로 제안할 수 있기 때문에 이모티콘 작가로 데뷔하기에 가장 좋은 플랫폼입니다.

메신저, 카페, 블로그, 밴드 등에서 여러 이모티콘이 쓰이고 이모티콘을 구입하는 사용자가 늘면서, 수익을 창출하는 이모티콘 작가도 등장했습니다. 디지털 미디어 시대에 새로운 직업군이라고 할 수 있는 유튜버에 이어 이모티콘 작가를 꿈꾸는 사람들이 많은 만큼 월 1억 원대의 고수익을 창출하는 작가도 탄생하게 되었습니다. 2024년 기준 최연소 이모티콘 작가는 13세, 최연장 이모티콘 작가는 84세입니다. 전문가의 영역으로만 여겨지던 이모티콘 시장은 누구나 아이디어만 있으면 도전해 볼 수 있는 경연장이 되었습니다.

모바일 메신저 시장 점유율 98%를 차지하는 카카오톡 이용자들 중 월 평균 3000만 명이 이모티콘을 사용하고, 하루 평균 6000만 건이 사용

되고 있습니다. 마음에 드는 이모티콘을 구매하는 방식에 이어 매월 일정 비용을 지불하고 구독하는 형식으로 이모티콘을 무제한 이용할 수 있는 '이모티콘 플러스'가 2021년에 출시되었습니다. 이모티콘으로만 대화가 가능할 정도로 이모티콘은 감정 대리 표현의 수단을 넘어 하나의 놀이문화로 자리 잡고 있습니다.

북모티콘을 활용한
독서활동 프로그램

예전에는 정보를 주로 신문, TV 등의 제한된 매체를 통해 얻었다면, 현재는 인쇄 매체뿐만 아니라 인터넷, 영상, 각종 SNS 등 다양한 경로를 통해 얻고 있습니다. 이러한 변화로 정보의 양이 혁명적인 수준으로 확장되었습니다. 하지만 우리가 접할 수 있는 정보가 양적으로 팽창한 만큼 객관성과 신뢰성이 높아진 것은 아닙니다. 다양한 배경지식을 갖춘 사람들은 단편적인 정보가 내포하고 있는 의미를 잘 읽을 수 있지만 그렇지 않은 사람들은 자신이 접한 정보에 대해 잘못된 결론을 내리고, 이를 전달하면서 잘못된 정보를 재생산하게 됩니다. 따라서 현대 사회의 정보와 지식의 홍수 속에서 생존하기 위해서는 주어진 정보들을 능동적이고 효율적으로 선별하고 자신에게 맞게 재조직하여 처리할 수 있는 비판적 사고가 필요합니다.

이렇듯 다양한 형태의 정보를 제대로 이해하고 활용하기 위해서는 문해력이 밑바탕이 되어야 하는데 문해력은 독서를 통해 효과적으로 길러질 수 있습니다. 정보통신기술과 멀티미디어 기기들이 발달하면서 문해력의 범위는 문자뿐만 아니라, 미디어와 디지털 영역으로까지 확장되고 있습니다. 미디어 리터러시Media literacy는 대중매체를 뜻하는 '미디어'와 글을 읽고 쓸 줄 아는 능력인 독해력을 뜻하는 '리터러시'가 결합된 단어입니다. 즉, 여러 대중 매체에서 전달되는 정보들을 단순히 받아들이기만 하는 것이 아니라, 비판적인 시각으로 정보를 해석하고 창의적으로 검토하여 재창조하는 능력을 이야기합니다.

디지털 리터러시Digital literacy는 기술과 도구 사용능력(기술 리터러시), 코드 리터러시, 미디어 리터러시, 뉴스 리터러시, 소셜 미디어 리터러시 등을 포괄하는 개념으로 미디어 리터러시의 상위 개념이라고 할 수 있습니다. 미디어 리터러시라고 하면, 다양한 멀티미디어 기기와 소프트웨어 활용 방법을 안내하거나 수많은 정보 중에서 최신성과 정확성이 높은 정보를 검색해서 가짜 뉴스를 선별하는 수업을 떠올리게 됩니다.

미디어 리터러시와 디지털 리터러시는 단순히 기기를 사용하는 방법뿐만 아니라 정보와 다양한 매체를 활용해서 미디어를 직접 제작하고, 표현하는 것으로 영역이 확장되고 있습니다. 이로 인해 교육 현장에서도 미디어 리터러시에 대한 필요성과 중요성이 강조되고 있습니다. 2022 개정교육과정은 디지털 기초 소양 강화와 정보교육 확대를 핵심 역량으로 디지털 교육을 강화하면서, 시대의 변화에 따라 개편되었습니다.

기존의 3R(읽기, 쓰기, 셈하기)에서 벗어나 '디지털 소양'을 강조한 교육이 이루어질 수 있도록 교육정보화 사업을 진행하고 있습니다. 각급 학교의 모든 교실에 무선인터넷을 설치하고, 지역에 따라 학생 개인별로 태블릿

PC를 보급하거나 여러 학급이 동시에 사용할 수 있는 디지털 기기를 배치하고 있습니다.

최근 미디어 리터러시 교육에 대한 관심과 필요성이 강조되면서 리터러시 교육의 중요성을 인식하는 사람도 늘어났습니다. 하지만, 교육현장에서는 미디어 활용 정보 찾기 교육, 다양한 관점의 뉴스를 비교, 분석하는 '가짜 뉴스'에 대한 부분으로 범위가 제한되어 있습니다. 각종 미디어 매체와 디지털 기기를 활용할 뿐만 아니라 새로운 콘텐츠를 제작할 수 있는 독서활동은 없을까요?

뻔하지 않은 책놀이,
북모티콘 만들기

북모티콘Bookmoticon이란 책을 뜻하는 'Book'과 감정을 표현하는 문자기호인 'Emoticon'의 합성어로, 문자로 구성된 책을 읽고 난 후 느꼈던 감정, 배경, 등장인물의 성격, 심리, 특징, 상황, 행동 등을 하나의 이미지로 표현한 것을 의미합니다. 북모티콘 만들기는 읽은 책에 관한 이모티콘을 만들고 활용하는 독서활동입니다. 즉 문자 리터러시를 시각 리터러시로 전환하고, 이를 다시 디지털 리터러시로 전환하는 활동입니다. 북모티콘을 구상하는 과정을 통해서 등장인물의 심리를 깊이 있게 파악할 수 있고, 등장인물, 캐릭터, 감정, 표정, 상황, 행동, 사물을 형상화하는 과정에서 표현력과 상상력을 키울 수 있습니다. 또한 북모티콘을 제작하는 과정을 통해 다양한 디지털도구 활용능력을 향상시키고, 움직임이 있는 애니메이션 북모티콘을 제작하는 과정을 통해 구조적인 사고능력을 향상시킬 수 있으며, 새로운 콘텐츠를 창작하여 일상생활에서 활용할 수 있습니다.

시각 리터러시는 정보를 이미지의 형태로 해석하고 협의하고 의미를 만드는 능력을 이야기합니다. 텍스트로서의 감정과 정서를 시각적 이미지를 활용한 표현을 통해 직관적으로 이해할 수 있습니다. 일반 리터러시에

Book moticon = Book + Emoticon

문자
Literacy

표현력 & 상상력   표정   감정
등장인물   상황
심리파악   행동 사물
                    형상화

시각
Literacy

미디어 콘텐츠 창작
공유 및 활용   디지털도구
구조적 사고   활용능력

디지털
Literacy

서 한 발 더 나아가 습득한 정보를 이미지 형태로 해석하고, 형상화하는 과정이라고 할 수 있습니다.

디지털 리터러시는 일반 리터러시를 바탕으로 필요한 정보를 탐색하고 문제를 인식하는 통찰력과 이를 해결하기 위한 구조적 사고능력, 그리고 다양한 매체와 미디어를 활용해서 새로운 콘텐츠를 직접 제작하고 표현하는 능력으로 그 영역이 확장되고 있습니다. 디지털 리터러시는 미디어 리터러시를 포괄하는 개념으로 정보의 탐색 및 관리, 창작이 중요한 디지털 시대에 필요한 역량이라고 할 수 있습니다.

북모티콘
제작 과정

북모티콘 독서활동 프로그램은 문자로 구성된 책을 읽고 난 후 느꼈던 감정, 배경, 등장인물의 성격, 심리, 특징, 상황, 표정 등을 하나의 이미지로 표현하고 공유하는 활동으로, 6단계로 구성되어 있습니다.

1단계에서 3단계까지는 '문자 리터러시' 영역입니다. 북모티콘으로 제작할 책을 선정하고, 등장인물이나 캐릭터의 심리를 이해할 수 있도록 책을 깊이 있게 읽는 과정입니다. 선정한 책의 내용을 간략하게 정리하면서 북모티콘으로 제작할 키워드를 선정하기도 합니다.

4단계는 '시각 리터러시' 영역입니다. 선정한 키워드를 바탕으로 다양한 감정을 표현해 보고, 나만의 캐릭터를 구상하는 과정입니다. 이를 바탕으로 움직임이 없는 스티커 북모티콘과 움직임 있는 애니메이션 북모티콘 제작을 구상하고 설계합니다.

5단계~6단계는 '디지털 리터러시' 영역입니다. 구상한 북모티콘을 디지털 기기를 활용하여 제작하고, 완성한 북모티콘을 일상생활에서 활용하는 과정입니다.

1단계: 도서 선정

북모티콘을 만들기 위해 도서를 선정할 때는 인문, 사회, 예술, 과학 분야의 도서보다는 줄거리와 등장인물이 있는 문학, 그중에서 소설을 선정

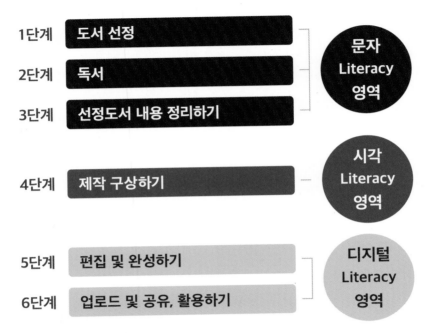

1단계	도서 선정	문자 Literacy 영역
2단계	독서	
3단계	선정도서 내용 정리하기	
4단계	제작 구상하기	시각 Literacy 영역
5단계	편집 및 완성하기	디지털 Literacy 영역
6단계	업로드 및 공유, 활용하기	

북모티콘 제작 과정 6단계

하는 것이 좋습니다. 등장인물의 성격과 특징이 자세히 묘사되어 있고, 사건의 전개와 인물들 간의 갈등 양상이 뚜렷하고, 사건이 일어나는 시간적 배경과 공간적 배경이 구체적으로 잘 드러난 작품이 적절합니다. 즉, 소설 구성의 3요소라고 할 수 있는 '인물, 사건, 배경'이 잘 나타나 있는 작품이 좋습니다.

또한 참여자마다 다른 책을 선정하는 것보다 한 권의 책을 선정하는 것이 활동하기에 수월합니다. 저마다 다른 책을 선정할 경우, 완성한 북모티콘을 공유할 때 그 책을 읽지 않은 참여자는 무엇을 표현했는지 알 수 없기 때문입니다. 학교도서관과 공공도서관에서 '한 학기 한 책 읽기(온책 읽기)' 또는 '한 도서관 한 책 읽기' 활동으로 선정한 도서를 대상으로 북모티콘 만들기 프로그램을 진행할 수도 있습니다.

주의 그림책이나 삽화로 등장인물과 캐릭터를 표현한 책의 경우, 책의 그림을 똑같이 그린다면 저작권 침해 우려가 있기 때문에 어느 정도 참고만 하도록 지도하는 것이 중요합니다.

이 책에서는 인물들의 성격 대비가 분명하고, '권선징악'을 형상화하며 복선 역할을 하는 제비가 등장하는 '흥부와 놀부' 이야기를 예로 북모티콘 제작 과정을 설명하겠습니다.

2단계: 독서

독서는 단순히 문자를 눈으로 따라가는 활동이 아닙니다. 책 속에 표현된 단어와 문장을 읽으면서 머릿속으로 등장인물, 배경, 상황 등을 상상해 보기도 하고 의미에 대해 생각해 보면서 내용을 형상화하는 것입니다. 즉, 독서는 문자 리터러시와 시각 리터러시가 상호작용을 하면서 이루어지는 활동이라고 할 수 있습니다.

책을 읽으면서 등장인물의 성격, 심리, 행동이 잘 드러나거나 배경, 사건, 갈등, 복선이 구체적으로 묘사되어 있는 부분에 밑줄을 긋거나 메모해 놓습니다. 또한 읽으면서 인상 깊은 구절이나 등장인물의 대사를 발견하면 체크해 놓습니다. 이렇게 기록해 놓으면 다음 단계에서 필요한 부분들을 쉽게 찾을 수 있습니다. 책을 읽고 나서 내용이 기억나지 않거나 인상적인 부분을 찾지 못해서 헤매는 경우도 있으니, 책을 읽으면서 가볍게라도 정리하는 것이 좋습니다. 읽으면서 생각하고 기록하는 독서 습관은 책의 내용을 바탕으로 성격, 표정, 행동, 상황, 사물을 형상화할 때에도 많은 도움을 줍니다.

3단계: 선정도서 내용 정리하기

북모티콘으로 제작할 책을 다 읽었다면, 책 속의 인상적인 장면이나 구절 등의 내용을 정리하고, 마인드맵으로 표현하면서 북모티콘으로 제작할 키워드를 선정합니다. 이 과정은 문자로 구성되어 있는 책의 내용을 시각적으로 표현하기 위한 기초 단계라고 할 수 있습니다.

북모티콘 제작노트 구성

선정도서의 내용을 정리하면서, 이를 바탕으로 시각 리터러시 활동으로 전환할 수 있도록 '북모티콘 제작노트'를 구안했습니다. 제작노트는 선정도서 내용 정리하기, 감정 표현 연습하기, 캐릭터 구상하기, 스티커 북모티콘 스케치 연습하기, 애니메이션 북모티콘 구상하기로 구성되어 있습니다. 제작노트를 순서대로 작성하면서 3단계에서 4단계까지 활동을 자연스럽게 이어갈 수 있습니다.

선정도서 내용 정리하기

제작 구상하기

*북모티콘 제작노트 양식은 부록에 수록되어 있으며, QR코드를 스캔하거나 '리딩에듀 북트레일러 연구소' 홈페이지에서 원본 파일을 다운로드 받을 수 있습니다.

인상적인 장면 떠올리기

책을 읽으며 인상적으로 본 장면들을 떠올려 봅니다. 그 장면들을 바탕으로 북모티콘으로 제작할 장면이나 상황을 구상해 볼 수 있습니다. 인상적인 장면을 간략하게 글로 작성하거나 그림으로 그려서 시각적으로 표현할 수도 있습니다.

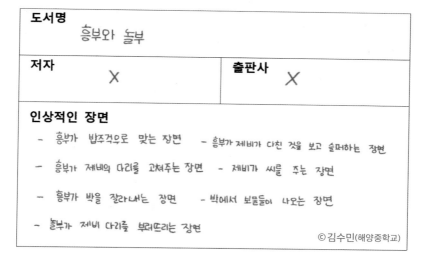

도서명		
흥부와 놀부		
저자	출판사	
X	X	

인상적인 장면

- 흥부가 밥주걱으로 맞는 장면
- 흥부가 제비의 다리를 고쳐주는 장면
- 흥부가 박을 잘라내는 장면
- 놀부가 제비 다리를 부러뜨리는 장면
- 흥부가 제비가 다친 것을 보고 슬퍼하는 장면
- 제비가 씨를 주는 장면
- 박에서 보물들이 나오는 장면

©김수민(해양중학교)

글로 작성하는 방식

인상적인 장면

©한가영(한백중학교)

그림으로 표현하는 방식

인상적인 구절 정리하기

책을 읽으면서 밑줄을 긋거나 메모해 놓은 인상적인 구절이나 등장인물의 대사를 살펴보면서 정리해 봅니다. 그 내용들을 북모티콘의 내용으로 활용할 수 있습니다.

인상적인 구절(내용) _____ 7, 9, 11, 16, 23, 36, 75 (페이지 표시)

"이제 여기는 내 집이니 썩 나가거라!"

"우리 먹을 것도 없는데, 무슨! 보리쌀 대신 밥주걱이나 받아라!"

제비가 박씨를 떨어뜨리자 흥부는 박씨를 심었습니다.

마인드맵 표현하기

선정도서의 등장인물, 캐릭터의 심리, 주요 사건이나 상황 중에서 하나의 키워드를 선정합니다. 그 키워드를 중심으로 관련된 것들을 나열하면서 마인드맵을 그려 나갑니다. 이 과정은 북모티콘으로 제작할 주요 키워드를 선정하는 활동으로 매우 중요합니다.

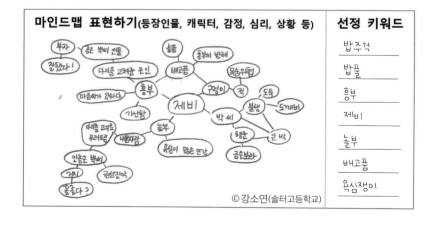

©강소연(솔터고등학교)

'흥부와 놀부' 이야기에서 '흥부'를 중심으로 마인드맵을 작성해 보겠습니다. 흥부 하면 가장 먼저 떠오르는 게 뭔가요? 주요 키워드로 선정한 흥부를 중심으로 그의 심리, 행동, 캐릭터, 주변 등장인물, 사물, 상황 등 생각나는 대로 작성해 봅니다.

마인드맵을 작성하면서 떠올린 여러 가지 키워드들 중에서 밥주걱, 제비, 여러 가지 감정을 키워드로 북모티콘을 제작해 보겠습니다.

감정 표현 연습하기

감정 표현은 이모티콘의 가장 기본이 되는 기능입니다. 여러 감정들을 다양하게 표현할 수 있다면 다양한 이모티콘을 만들 수 있으므로, 여러 감정 표현을 연습하는 과정이 필요합니다. 이를 위해 활동지를 구안하여 즐거움, 기쁨, 놀람, 슬픔, 우울, 화남 등의 감정을 따라 그리면서 감정 표현을 연습할 수 있도록 했습니다. 이외에 다른 감정들도 표현해 볼 수 있게 했습니다.

이때 감정어휘에 있는 여러 감정 단어를 참고하면서 표현하고 싶은 감정들을 표현해 보도록 합니다. 감정어휘에 있는 여러 감정들을 이해하고 있지만 표현하기 어려운 경우, 카카오톡에 있는 이모티콘샵에서 여러 이모티콘들을 검색한 후 참고합니다. 다양한 감정 표현 방식을 참고하면 감정 표현을 더욱 쉽게 할 수 있습니다.

카카오톡 이모티콘샵에 있는 이모티콘을 그대로 따라 그리거나 사용할 경우 저작권 침해의 우려가 있습니다. 따라서 눈, 입, 표정 등을 부분적으로 참고하고 수정해서 표현해야 합니다.

감정 표현하기

그대로 그리면서 감정 표현 연습하기

다른 감정 표현하기

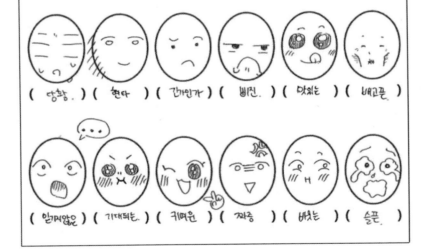

(당황) (흔다) (긴장인가) (삐진) (맛있는) (배고픈)

(믿기지않은) (기대되는) (귀여운) (짜증) (뻣는) (슬픈)

감정 표현 연습하기

© 서채민(다산고등학교)

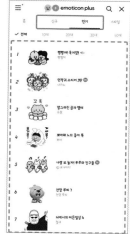

카카오톡 이모티콘샵 감정 표현 참고

4단계: 제작 구상하기

책 속의 인상적인 장면이나 내용을 마인드맵 표현하기와 감정 표현 연습하기 활동을 통해 구상한 캐릭터를 구체적으로 표현해 보고, 이를 바탕으로 스티커 북모티콘과 애니메이션 북모티콘으로 제작하기 위해 스케치를 해 봐야 합니다. 이 과정은 문자 리터러시를 시각 리터러시로 전환하는 가장 핵심적인 과정입니다.

캐릭터 구상하기

마인드맵을 작성하면서 선정한 키워드와 감정 표현 연습하기를 통해서 구상한 캐릭터를 표현해 보는 과정입니다. 나만의 캐릭터를 대략적으로 스케치해 보면서 제작하고 싶은 북모티콘을 구체화할 수 있습니다.

북모티콘으로 제작할 캐릭터의 표정과 동작을 하나의 이미지로 표현하는 게 어렵고 막막하게 느껴질 수 있습니다. 감정은 표정 변화뿐만 아니

북모티콘 연습하기(캐릭터 구상하기)

선정도서를 바탕으로 자신만의 캐릭터를 그려봅니다.

©김수민(해양중학교)

라 동작에도 많은 영향을 미친다는 점을 염두에 둡니다. 이때도 카카오톡에 있는 이모티콘샵에서 여러 이모티콘들을 검색하거나 인터넷에서 다양한 동작을 검색해서 참고하면 다양한 감정 변화에 따른 동작을 더욱 쉽게 표현할 수 있습니다.

스티커 북모티콘 스케치 연습하기

스티커 북모티콘은 정지된 이미지로 표현한 이모티콘입니다. 여러 가지 감정, 상황, 성격, 특징 등을 표현해 보면서 구상한 북모티콘을 구체적으로 표현해 볼 수 있습니다. 제작노트는 스티커 북모티콘 스케치 연습하기 활동으로 '감정과 표정의 형상화', '행동과 상황의 형상화', '사물의 형상화'를 할 수 있게 구성되어 있습니다. 이 과정에서는 그림을 잘 그리는 것보다 일상생활에서 사용할 수 있도록 재치와 순발력을 발휘해서 창의적으로 대상을 표현해 보는 것이 중요합니다. 그리고 구상한 북모티콘에는 등장인물의 이름을 적지 않아도 됩니다.

감정과 표정의 형상화

표정은 다양한 감정을 드려내는 의사소통 수단으로 활용할 수 있습니다. 책에 등장하는 인물의 성격과 특징, 갈등 양상이나 상황에 따른 인물의 심리를 살펴보면서 북모티콘으로 제작할 감정과 표정을 표현해 봅니다.

▌스티커 북모티콘 스케치 연습 1 (감정·표정의 형상화)

©김수민(해양중학교)
설명: 흥부가 부자가 된 상황이 화남

©김수민(해양중학교)
설명: 제비 다리를 부러뜨리고 박씨를 얻을 생각에 즐거워 하는 표정

©김수민(해양중학교)
설명: 박씨를 얻고 설레는 표정

©김수민(해양중학교)
설명: 깜짝 놀란 놀부의 표정

©이수연(성안중학교)
설명: 못마땅한 표정

©이수연(성안중학교)
설명: 화난 표정

행동과 상황의 형상화

책의 사건 전개와 사건이 일어나는 구체적인 시공간적 배경을 바탕으로 등장인물들의 구체적인 행동과 상황을 나타낼 수 있습니다. 북모티콘

▌ 스티커 북모티콘 스케치 연습 2 (행동·상황의 형상화)

ⓒ 박솔지(해양중학교)

설명: 춥고 배고픈 흥부의 상황

ⓒ 김리연(아라고등학교)

설명: 외출 준비하는 제비

ⓒ 최영재(대부중학교)

설명: 놀부가 도깨비들에게 혼나는 상황

ⓒ 최영재(대부중학교)

설명: 배고픈 구렁이를 보고 놀라는 제비

ⓒ 지예원(한백중학교)

설명: 형수에게 밥주걱으로 뺨을 맞는 흥부

ⓒ 최영재(대부중학교)

설명: 플렉스 제비의 위엄

으로 제작할 등장인물이나 캐릭터의 행동과 상황을 형상화해서 구체적으로 표현해 봅니다.

사물의 형상화

이모티콘은 사물이나 존재하지 않는 대상을 의인화하거나 특정 사물

에 감정과 표정을 부여해서, 재미있고 특색 있는 형식으로 만들 수 있습니다. 선정도서에서 필연적인 사건의 흐름을 만들어 가는 복선 역할을 하는 키워드나 중요한 사물을 형상화해서 다양한 방식으로 표현해 봅니다.

애니메이션 북모티콘 구상하기

애니메이션은 움직이지 않는 것에 움직임을 부여하면서 생명력을 불어넣는 것을 뜻합니다. 애니메이션 북모티콘은 움직임이 있는 북모티콘을 말하며, 제작하는 방식은 두 가지가 있습니다.

움직임이 있는 부분과 없는 부분을 분리해서 그리기

밥주걱 캐릭터가 오른쪽 팔을 위, 아래로 흔들면서 인사하는 애니메이션 북모티콘을 제작하려고 한다면 몇 장의 이미지가 필요할까요? 결과적으로 보면 오른쪽 팔이 위, 아래로 각각 움직이는 이미지 두 장이 필요합니다.

하지만 애니메이션 북모티콘을 구상할 때는 이렇게 두 장을 그리는 것이 아닙니다. 구조적으로 생각해서 움직임이 있는 부분과 없는 부분을 그

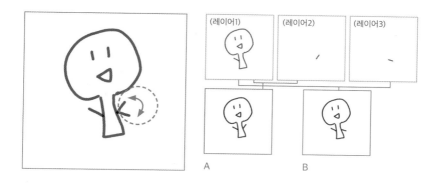

려야 합니다.

여기에서 움직임이 있는 부분은 어디일까요? 오른쪽 팔이 위, 아래로 움직이면서 인사하는 것처럼 보이는 부분이지요. 이때 움직임이 없는 부분과 움직임이 있는 부분을 따로 그려야 합니다.

1번 레이어에는 움직임이 없는 전체적인 몸통 부분을, 2번 레이어에는 오른쪽 팔이 위로 올라간 부분을, 3번 레이어에는 오른쪽 팔이 아래로 내려간 부분을 그려야 합니다. 이렇게 그린 이미지들에서 1번 레이어와 2번 레이어를 겹쳐서 A 이미지를 저장하고, 1번 레이어와 3번 레이어를 겹쳐서 B 이미지를 저장합니다.

이렇게 움직임이 있는 부분과 없는 부분을 각각의 레이어에 따로 그리는 이유에 대해 살펴보겠습니다. 하나의 레이어에서만 작업을 하려면, 우선 1번 레이어에 움직임이 없는 몸통과 오른쪽 팔이 올라간 이미지(A)를 그리고 저장해야 합니다. 이어서 다른 움직임을 표현하기 위해 오른쪽 팔이 올라간 부분만 지우고, 오른쪽 팔이 내려간 이미지(B)를 그려야 합니다. 이때 같은 레이어에 그려진 오른쪽 팔이 올라간 부분만 깔끔하게 지울 수 있을까요? 아주 세밀하게 작업을 하면 불필요한 부분만 제거할 수 있지만,

레이어의 개념

레이어는 말 그대로 쌓여 있는 층^{Layer}을 뜻합니다. 레이어를 투명한 기름종이들이 겹쳐 있는 층이라고 생각하면 이해하기 쉽습니다. 예를 들어, 1번 레이어에는 채색한 그림, 2번 레이어에는 얼굴 밑그림, 3번 레이어에는 입과 볼터치 채색한 투명한 기름종이를 겹쳐서 보면 A와 같은 이미지가 보이게 됩니다.

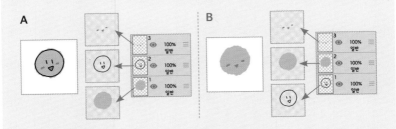

1번 레이어와 2번 레이어의 순서를 바꾸게 되면, 채색한 부분이 얼굴 밑그림을 덮어 버리면서 B와 같이 채색한 그림에 입과 볼터치 채색한 이미지만 보이게 됩니다.

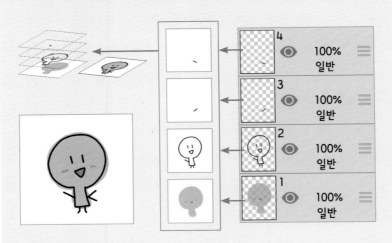

이렇게 각각의 투명한 기름종이들을 겹겹이 쌓는 것을 레이어라고 생각하면 됩니다.

수정하는 시간도 오래 걸리고 움직임이 없는 원본 이미지가 훼손될 수도 있습니다. 이러한 이유로 여러 장의 레이어를 활용하여 움직임이 없는 부분과 있는 부분을 따로 그리면 이미지를 더 편리하게 수정할 수 있으며, 제작하는 시간도 절약할 수 있습니다.

애니메이션 원리 활용하기

일련의 동작들로 표현한 정지된 이미지Still Image를 연속적으로 보여 주면, 보는 사람은 이미지들이 연속된 동작으로 움직이는 것 같은 착각을 하게 됩니다. 이러한 현상을 '잔상 효과'라고 하는데요, 이미지가 눈에서 사

©강혜인

QR코드를 스캔하면 애니메이션 북모티콘의 움직임을 확인할 수 있습니다.

(레이어1)

(레이어2)

(레이어3)

(레이어4)

(레이어5)

(레이어6)

(레이어7)

(레이어8)

(레이어9)

(레이어10)

(레이어11)

(레이어12)

라졌음에도 불구하고 짧은 시간 동안 사람의 뇌에 남아 있는 현상을 의미합니다. 텔레비전, 영화, 비디오 플레이어는 각각 표시하는 초당 프레임이 다르지만 모두 잔상효과를 이용하고 있습니다. 이때 프레임은 영상에서 최소 단위, 필름 한 장을 이야기합니다. 일반적으로 영상의 경우 1초에 30프레임이 사용되고 있으며, 애니메이션의 경우 15프레임을 사용하면 자연스러운 움직임을 구현할 수 있습니다.

애니메이션의 원리를 활용한다는 것은 그림과 같이 연속된 동작들을 조금씩 수정하면서 각각의 레이어마다 전체 이미지를 그리는 방식을 말합니다. 제작노트에는 최대 16개의 레이어로 구상할 수 있도록 되어 있지만, 애니메이션 원리를 활용할 때 반드시 모든 레이어를 사용해야 되는 것은 아닙니다. 표현하고자 하는 방식에 따라 최소 3개 레이어에서 그 이상의 레이어를 사용할 수도 있습니다.

5단계: 편집 및 완성하기

4단계 활동에서 구상한 스티커 북모티콘과 애니메이션 북모티콘을 디지털 형식으로 제작하는 과정으로, 시각 리터러시를 디지털 리터러시로 전환하는 과정입니다. 구상한 북모티콘을 디지털로 전환하기 위해 스마트폰이나 태블릿에서 그림 그리는 앱을 설치해야 합니다.

그림 그릴 때 사용하는 앱

스마트폰과 태블릿 운영 체제에 따라 설치할 수 있는 앱은 매우 다양합니다. 안드로이드와 iOS에 모두 설치할 수 있는 앱과 안드로이드나 iOS에서만 설치할 수 있는 앱이 있고, 유료로 구입해야 하는 앱과 무료로 사용할 수 있는 앱이 있습니다. 그림을 그릴 때 자주 사용하는 앱에 대해서 알아보겠습니다.

	안드로이드 스마트폰 or 태블릿	iOS		유료 or 무료
		아이폰	아이패드	
이비스 페인트 X	○	○	○	유료 or 무료 선택
MediBang Paint	○	○	○	무료
SketchBook	○	○	○	무료
PENUP	○	×	×	무료
Procreate	×	×	○	유료

이비스 페인트 X

일러스트 및 만화 작화용 앱입니다. 스마트폰이나 태블릿에서 사용이 편리하도록 조작 화면이 잘 구성되어 있어 초보자들도 쉽게 이용할 수 있습니다. 무료 버전에서는 광고가 표시되고 이용할 수 있는 브러시 종류가 제한되지만, 일정 시간(10~30초) 동안 광고 동영상을 시청하면 제한된 시간 동안 유료 버전과 동일한 기능을 사용할 수 있습니다. 유료 버전을 구입하거나 매월 일정 비용을 지불하는 구독 형식으로 이용할 경우, 광고가 나오지 않고 브러시의 제한도 해제되고 회원 전용 필터 기능을 사용할 수 있습니다.

MediBang Paint

모든 기능을 무료로 사용할 수 있는 일러스트, 만화 제작 소프트웨어입니다. 사용자 등록을 하면 다양한 기능을 이용할 수 있습니다. 스마트폰과 태블릿에서도 사용이 가능하며, 일러스트와 만화를 작화할 수 있는 다양한 기능을 제공하고 있습니다. 브러쉬 종류가 적은 편이지만 모두 제한 없이 무료로 사용 가능하고, 사용자에게 최적화된 커스터마이즈 기능을 제공합니다. 만화용 컷 분할과 텍스트 입력, 만화 특수 연출을 위한 가이드 기능이 다양해서 사용하기 편리합니다. 무료로 사용이 가능한 만큼 화면에 일부 광고가 표시됩니다.

SketchBook

무료 어플이라 사용에 제한이 없고, 브러쉬도 다양하면서 퀄리티가 높습니다. 레이어 기능이 다른 앱에 비해 많이 빠져 있습니다.

PENUP

사용자들이 창작한 이미지로 소통하는 SNS입니다. 그림 그리기부터 색칠 공부, 따라 그리기, 이미지 공유까지 한 번에 모든 걸 할 수 있습니다. 그림을 잘 못 그리거나 그림 그리는 앱을 처음 사용하는 사용자도 쉽게 사용할 수 있습니다. 앱은 홈, 컬러링, 라이브 드로잉, 챌린지의 네 가지 단순한 메뉴로 이루어져 있으며, 갤럭시 S펜을 지원하는 스마트폰과 태블릿에 기본으로 설치되어 있습니다. 애플 아이폰과 아이패드에는 설치할 수 없고, 안드로이드 운영 체제에서만 사용할 수 있습니다.

Procreate

Apple Design Award 수상작이자 애플이 선정한 아이패드용 필수 페인팅 앱입니다. 그림을 쾌적하게 그릴 수 있는 넓은 캔버스가 매력적이며, 깔끔한 인터페이스로 초보자도 쉽게 사용할 수 있습니다. 텍스트 도구, 애니메이션 기능이 추가되는 등 다양한 기능을 제공하고 있습니다. 다만 체험판이 없어서 유료로 구입해야 하며, 아이패드에서만 설치와 사용이 가능합니다.

이외에도 다양한 앱이 있지만, 이 책에서는 3장에서 초보자들도 쉽게 사용할 수 있는 '이비스 페인트 X'를 안드로이드 스마트폰 버전으로 설명하도록 하겠습니다.

Tip

펜 활용하기

스마트폰의 작은 화면에서 손가락으로 그림을 그리다 보면 의도하지 않은 곳에 그려지거나, 전체적인 그림을 한눈에 보기 힘들고, 세밀한 부분을 그릴 때는 화면을 확대하거나 축소해야 하는 등 작업하는 동안 번거로운 과정을 거치게 됩니다. 이 때 태블릿을 활용하면, 스마트폰보다 넓은 화면에서 쾌적하게 작업을 할 수 있으며, 운영체제에 따라 애플 펜슬이나 갤럭시 S펜을 사용하면 필압을 살리면서 보다 섬세한 그림을 그릴 수 있습니다.

필압이 적용된 선

필압이 적용되지 않은 선

필압筆壓: 연필이나 붓, 펜 등에 가해지는 압력의 크기를 뜻합니다. 즉, 선의 굵기를 조절하기 위해 누르는 힘의 정도에 따라 선의 굵기가 바뀝니다. 펜에 힘을 세게 주면 획이 두껍게 나오고 약하게 주면 얇게 나옵니다. 필압을 활용하면 선의 흐름과 굵기에서 나오는 입체감을 자연스럽고 세밀하게 표현할 수 있습니다.

터치펜이 없는 태블릿이나 스마트폰을 사용하는 경우, 온라인 쇼핑몰에서 '정전식 터치펜'을 구입해서 사용할 수 있습니다. 터치펜의 가격과 디자인이 매우 다양한데, 되도록 펜촉이 뾰족한 터치펜을 구입하는 것이 좋습니다.

파일 검토 후 저장하기

북모티콘을 완성하기 위해 그림 그리기 앱을 활용하여 제작한 이미지를 스티커 북모티콘과 애니메이션 북모티콘 형식으로 저장하는 과정입니다. 스티커 북모티콘의 경우, 이미지와 채색이 잘 어우러졌는지, 표현하고자 하는 방식대로 캐릭터들의 특징, 감정과 표정, 행동과 상황이 잘 표현되었는지 꼼꼼하게 확인한 후 이미지 파일 형식으로 저장합니다.

감정과 표정을 형상화한 스티커 북모티콘

ⓒ김수민(해양중학교)

ⓒ김수민(해양중학교)

ⓒ이수연(성안중학교)

ⓒ김서연

ⓒ김도연

행동과 상황을 형상화한 스티커 북모티콘

ⓒ박솔지(해양중학교)

ⓒ지예원(한백중학교)

ⓒ오미리

©허민주

©김정주

사물을 형상화한 스티커 북모티콘

©김민아(다산고등학교)

©윤채원

©윤지유(한백중학교)

©오유오(성안중학교)

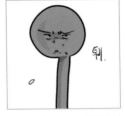
©함다혜

　애니메이션 북모티콘의 경우, 제작노트에서 설계한 대로 각 레이어마다 움직임이 잘 표현되었는지 확인한 후, 움직임의 순서에 따라 이미지들을 선택해서 GIF 형식으로 저장합니다.

흥부의 관점에서 제작된 애니메이션 북모티콘

©최실라

©송미화

©김민정

©백진주

©구화중(초지고등학교)

©신윤아

©심유진(상록고등학교)

©최예은

놀부의 관점에서 제작된 애니메이션 북모티콘

©염희선(유현초등학교 사서)　　©이선우　　©변우영　　©김도희

©이연숙　　©김희진　　©정주리　　©김한솔

제비의 관점에서 제작된 애니메이션 북모티콘

©허윤

©박지후
(선부고등학교)

©김서연

©장영서(푸른솔
초등학교 사서)

©조수영
(원일중학교)

©김수빈

©최영재
(대부중학교)

©이아윤

©문정훈

©한예은
(대부중학교)

박의 관점에서 제작된 애니메이션 북모티콘

ⓒ정미현 ⓒ한국희 ⓒ박채은 ⓒ강서연 ⓒ김희경

기타 캐릭터의 관점에서 제작된 애니메이션 북모티콘

ⓒ안정애   ⓒ김예원 ⓒ박채원(한백중학교)   ⓒ윤단비   ⓒ장정원

그림 그리기 앱을 활용해서 그림을 그리고, 이미지 형식으로 저장하고 GIF 형식으로 제작하는 방법은 3장에서 자세히 안내하도록 하겠습니다.

6단계: 업로드 및 공유, 활용하기

완성한 북모티콘은 각종 SNS에 업로드 해서 공유할 수 있고, 일상생활에서도 활용할 수 있습니다. 참여자들은 나만의 특색 있는 미디어 콘텐츠를 창작했다는 성취감을 느낄 수 있습니다. 이를 바탕으로 다양한 체험활동 프로그램을 진행하면서 나만의 특별한 콘텐츠를 제작할 수 있습니다.

북모티콘 업로드 및 공유하기

북모티콘 만들기 독서활동 프로그램을 진행하면서 카카오톡에서 단톡

주의

완성한 북모티콘을 참여자들이 서로 자유롭게 공유하고 활용할 수 있도록, 제작노트에 있는 '저작물 이용허락 동의서'를 작성해야 합니다.

저작물 이용허락 동의서

본인은 북모티콘을 활용한 독서활동 프로그램에 참여하면서 작성한 제작노트와 북모티콘 작품 등의 창작물에 대한 상업적 이용을 제한하고, 교육적 활용과 일상의 공유에 동의하며, _____ 도서관 및 참여자에게 자유로운 이용허락을 동의합니다.

제작한 북모티콘은 상업적으로 이용되지 않고,
독서교육과 독서문화 증진을 위한 홍보용(비영리)으로만 사용되며,
참여자들이 일상에서 공유 및 활용됨을 알려드립니다.

20   년   월   일 이름 :   (서명)

프로그램을 진행하면서 참여자들이 작성한 제작노트와 완성한 북모티콘은 제작자에게 저작권이 있는 엄연한 창작물입니다. 독서활동의 결과물로 제작된 북모티콘을 카카오톡이나 기타 SNS에 무단으로 업로드할 경우, 제작자의 저작권 및 개인 정보 등이 침해될 수 있습니다. 이러한 창작 저작물을 상업적으로 이용하는 걸 제한하고, 교육적으로 활용하고 일상생활에서 자유롭게 활용할 수 있게 해야 합니다. 이를 위해 참여자에게 저작물 이용허락 동의서의 취지를 자세히 설명하고, 서명하도록 안내해야 합니다.

방을 만들어 프로그램 참여자들에게 안내합니다.

각 참여자가 완성한 북모티콘을 단톡방에 업로드 하면 다른 참여자들이 제작한 북모티콘을 편하게 감상할 수 있으며, 마음에 드는 북모티콘이 있다면 다운로드 후 카카오톡이나 문자메시지, 각종 SNS에서 활용할 수 있습니다.

북모티콘 콘테스트(공모전)

학교도서관이나 공공도서관에서 '한 학기 한 책 읽기' 또는 '한 도서관 한 책 읽기' 후속 활동으로 재미있는 북모티콘 콘테스트나 공모전을 진행할 수 있습니다.

단톡방의 참여자들이 완성한 북모티콘을 일정 기간 동안 업로드 하면,

도서관 이용자들이 마음에 드는 북모티콘 3개를 선택해서 '좋아요' 표시를 통해 투표하는 형식으로 진행할 수 있습니다. 응모 기간과 심사 기간을 따로 설정하여 동일한 단톡방에서 공감 표시를 가장 많이 받은 순서대로 시상하면서, 응모와 심사가 함께 이루어질 수 있게 진행할 수 있습니다.

자체적으로 심사 기준을 정해서 진행할 수도 있습니다. 오픈채팅방에서 응모 기간 동안 참여자들이 북모티콘을 업로드 하면 표현성, 완성도, 활용성, 재치 등 심사기준을 정해서 배점하는 방식으로 진행할 수 있습니다.

스티커 만들기

인터넷에서 '스티커 제작'을 검색하면, 저렴한 가격으로 스티커를 제작해 주는 업체를 쉽게 찾을 수 있습니다. 프로그램 참여자들이 제작한 북모티콘을 다운로드 받아 업체에서 제공하는 툴에 이미지를 업로드 하면 스티커를 손쉽게 제작할 수 있습니다. 적은 비용을 들여 칼 선까지 들

스티커 제작   ©김소희·박지은·심수민

라벨지 출력 예시

어간 형식으로 나만의 스티커를 제작할 수 있습니다.

또는 인터넷 쇼핑몰에서 '라벨지'를 검색한 후 A4 용지 크기의 라벨지를 구입해서 도서관이나 집에 있는 프린트로 출력해서 나만의 스티커를 제작할 수 있습니다. 한글 파일의 표 형식으로 제작한 틀에 프로그램 참여자들이 제작한 북모티콘 이미지를 넣어서 출력할 수 있습니다. 스티커 출력 양식 한글 파일은 QR코드를 스캔해서 받거나, '리딩에듀 북트레일러 연구소' 홈페이지에서 다운로드 받을 수 있습니다.

키링 만들기

슈링클스 용지를 활용해서 북모티콘으로 제작한 캐릭터를 다채롭게 꾸며 가면서 키링, 책갈피, 핸드폰 줄 등 나만의 특별한 굿즈를 제작할 수 있습니다. 슈링클스 용지와 전용 오븐은 인터넷 쇼핑몰에서 구입할 수 있습니다.

슈링클스 키링 만들기

미니 캔버스 전시

캐릭터 액자 만들기 및 전시활동

제작한 북모티콘을 미니 캔버스에 그리면서 '독서감상화 그리기'와 같은 독후활동을 할 수 있으며, 캔버스에 그린 그림들은 도서관에서 전시활동이나 북큐레이션과 연계해서 책과 함께 전시할 수 있습니다. 미니 캔버스와 이젤은 인터넷 쇼핑몰에서 저렴한 가격으로 구입할 수 있습니다.

북모지 퀴즈와 북모지 독후감 작성하기

이모지를 활용해서 책 제목을 맞히는 퀴즈를 할 수 있습니다. 이러한 퀴즈는 유튜브 채널 〈TeaserBook〉에서 '북티콘 퀴즈'라는 이름으로 처음 소개되었습니다. 이 책에서는 이모지를 활용해서 책 제목을 맞히는 활동을 '북모지 퀴즈'라고 하겠습니다.

북모지 퀴즈는 책 제목이나 내용을 바탕으로 이모지를 조합하여 제작할 수 있습니다. 예를 들어 『강아지똥』의 경우, 제목에 나와 있는 강아지와 똥을 조합할 수 있으며, 아무짝에도 쓸모없을 거 같았던 강아지똥이 민들레가 성장하는 데 밑거름이 될 수 있다는 걸 표현하기 위해 새싹 이모지를 포함해서 제작할 수 있습니다.

책 제목으로 제작한 북모지 퀴즈

책 제목과 내용이 포함된 북모지 퀴즈

이렇듯 북모지 퀴즈는 책의 제목이나 내용을 바탕으로 다양한 형식으로 손쉽게 제작할 수 있으며, 퀴즈 제작 형식에 제한이 없습니다. 북모티콘을 공유하기 위해 만든 오픈 채팅방에서 참여자들이 제작한 북모지 퀴즈를 업로드 하고, 함께 책 제목을 맞추는 퀴즈를 진행할 수 있습니다.

그럼 책 제목을 맞혀 볼까요?

QR코드를 스캔하면 정답을 확인할 수 있습니다. '리딩에듀 북트레일 연구소' 홈페이지에서 다양한 북모지 퀴즈를 다운로드 받을 수 있습니다. 또한, 지겹게만 느껴졌던 줄거리 요약하기나 독후감 작성하기 활동도 이모지를 활용해서 재미있게 표현할 수 있습니다.

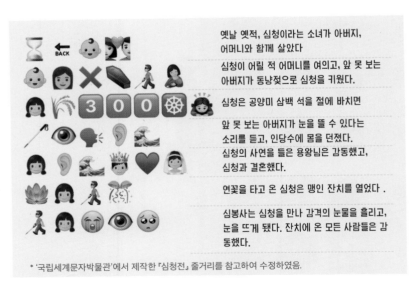

* '국립세계문자박물관'에서 제작한 『심청전』 줄거리를 참고하여 수정하였음.

북모지 독후감

북트레일러 영상 재료 제작

북모티콘을 제작하는 방식을 활용해서 북트레일러 영상의 재료를 더욱 다채롭게 제작할 수 있습니다. 사진을 찍거나 '픽사베이'에서 저작권이 없는 사진을 다운로드 받은 뒤 '이비스 페인트 X'에서 불러와 외곽선 따라 그리기 작업을 하면서 이미지 재료를 제작할 수 있습니다. 또한 애니메이션 북모티콘을 제작하는 방식을 활용해서 스톱모션 형식의 움직임이 있는 입체적인 북트레일러 영상을 제작할 수도 있습니다. 북트레일러 영상의 재료를 '이비스 페인트 X'를 활용해서 제작할 경우, 동영상의 표준 화면비율은 16:9가 대부분이기 때문에 캔버스의 크기는 가로 '1280', 세로 '720'으로 설정해야 합니다.

ⓒ김유림·신재희

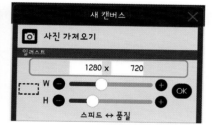

북모티콘
제작 실습

북모티콘을 만들기 위해서는 스마트폰이나 태블릿에 '이비스 페인트 X' 설치가 필요합니다. 이 앱을 사용하는 방법부터 구성과 기능에 대해서 살펴보고, 안드로이드 스마트폰을 기준으로 간단하게 북모티콘을 제작하는 방법을 알려 드리겠습니다.

앱 설치하기

'이비스 페인트 X'는 스마트폰이나 태블릿의 운영 체제(안드로이드, iOS)에 따른 인터페이스의 차이가 크지 않습니다.

① 구글 플레이스토어나 앱스토어에서 '이비스 페인트'를 검색한 후 설치합니다.

② 스마트폰이나 태블릿에 설치된 '이비스 페인트 X' 앱을 실행합니다.

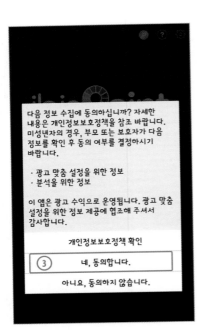

③ 개인정보보호정책에 대한 내용입니다. '네, 동의합니다.'를 선택합니다.

④ '이비스 페인트 X' 앱 소개가 나옵니다. '완료' 버튼을 누릅니다.

⑤ 유료 버전 광고창입니다. '닫기' 버튼을 눌러 광고를 닫습니다.

⑥ 알림 설정 '허용'을 선택합니다.

⑦ '나의 갤러리' 메뉴를 선택합니다.

스마트폰

태블릿

그림을 그리기 위해서는 도화지를 만들어줘야 하는데요, 여기에서는 이러한 도화지를 캔버스라고 합니다.

⑧ '+' 모양의 캔버스 만들기 버튼을 선택합니다. 태블릿의 경우 캔버스 만들기 버튼이 우측 상단에 있습니다.

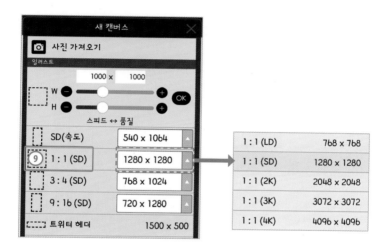

다양한 크기의 캔버스와 해상도를 선택할 수 있습니다.

⑨ 북모티콘은 정사각형으로 제작해야 하기 때문에 '1:1' 캔버스를 선택합니다. 해상도는 '1280×1280' 표준 해상도(SD$^{Standard\ Definition}$)를 선택합니다.

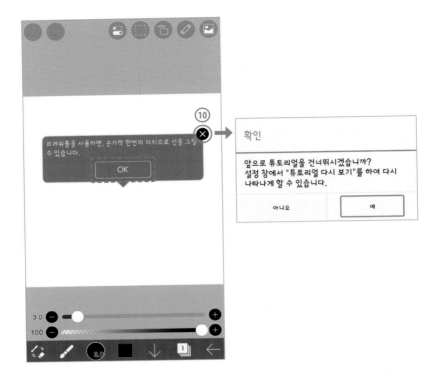

⑩ 튜토리얼 안내창 '닫기'를 누른 후, 튜토리얼 건너뛰기 메뉴가 나올 때
   '예' 버튼을 선택하면 그림을 그릴 수 있는 캔버스 화면이 나타납니다.
   'OK'를 선택할 경우 새로운 기능을 사용할 때마다 튜토리얼 안내창이
   나오면서 작업에 불필요한 과정이 반복되어 번거로움을 느낄 수 있습
   니다.

튜토리얼Tutorial이란 무언가를 배우기 위해 사용하는 교재나 지침, 즉 조작
법에 대한 기본적인 설명과 구성 요소들의 해설을 뜻합니다.

앱 구성 및
메뉴 살펴보기

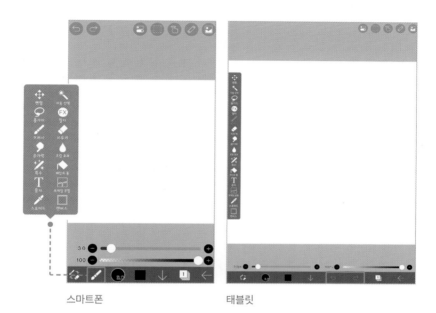

스마트폰   태블릿

스마트폰 버전과 태블릿 버전의 인터페이스 구성에 큰 차이점은 없으
며, '실행취소, 재실행' 버튼이 스마트폰은 위쪽에, 태블릿은 아래쪽에 위치
해 있습니다.

'이비스 페인트 X' 기본 구성에 대해서 살펴보도록 하겠습니다.

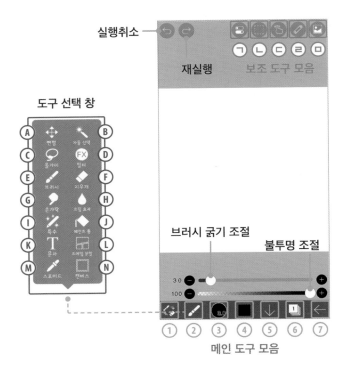

실행취소

재실행 보조 도구 모음

도구 선택 창

A 변형 B 자동 선택
C 올가미 D FX 필터
E 브러시 F 지우개
G 손가락 H 프립 효과
I 특수 J 페인트 통
K T 문자 L 드래그 문형
M 스포이드 N 캔버스

브러시 굵기 조절

불투명 조절

30

100

① ② ③ ④ ⑤ ⑥ ⑦

메인 도구 모음

메인 도구 모음

① **브러시/지우개**: 브러시 도구와 지우개 도구를 전환할 수 있습니다.

② **도구 선택**: 자주 사용하는 도구를 모아둔 도구 창을 열 수 있습니다.

③ **속성(굵기/불투명도)**: 브러시의 종류와 굵기, 불투명도를 설정할 수 있습니다.

④ **색상**: 색상 선택기와 색상을 보관할 수 있는 팔레트를 볼 수 있습니다.

⑤ **전체 화면 보기**: 캔버스의 일러스트를 전체 화면으로 볼 수 있습니다.

⑥ **레이어**: 다양한 레이어 기능을 설정할 수 있습니다.

⑦ **돌아가기**: 설정, 그린 이미지 저장하기, 나의 갤러리로 돌아가기 기능을 선택할 수 있습니다.

도구 선택 창

Ⓐ **변형**: 일러스트의 위치나 형태를 변경할 수 있습니다.

Ⓑ **자동 선택(마술 봉)**: 선으로 둘러싸인 부분의 영역을 자동으로 선택할 수 있습니다.

Ⓒ **올가미**: 선택한 영역을 이동하거나 변형할 수 있습니다.

Ⓓ **필터**: 흑백이나 모자이크 같은 특수한 효과를 입힐 수 있습니다.

Ⓔ **브러시**: 다양한 브러시를 선택할 수 있습니다.

Ⓕ **지우개**: 원하는 부분을 지울 수 있습니다.

Ⓖ **손가락(번짐 효과)**: 손끝으로 문지르면 그림이 번지거나 흐려집니다.

Ⓗ **흐림 효과**: 원하는 부분을 흐리게 할 수 있습니다.

Ⓘ **특수**: 픽셀유동화, 올가미 채우기와 지우기 등 특수 효과를 사용할 수 있습니다.

Ⓙ **페인트 통**: 선으로 이어진 영역에 색을 한 번에 채울 수 있습니다.

Ⓚ **문자**: 일러스트에 글자를 입력할 수 있습니다.

Ⓛ **프레임 분할**: 만화의 칸을 선으로 나눠서 그릴 수 있습니다.

Ⓜ **스포이드**: 캔버스에 있는 색을 추출해서 사용할 수 있습니다.

Ⓝ **캔버스**: 캔버스의 크기 변경, 회전 등 캔버스를 편집할 수 있습니다.

보조 도구 모음

㉠ **보기**: 레퍼런스 창 및 격자와 같은 디스플레이 관련 설정을 할 수 있습니다.

㉡ **선택영역**: 선택한 영역을 변경하거나 잘라내기, 복사하기, 붙이기 작업을 할 수 있습니다.

㉢ **손떨림 방지**: 손떨림 방지 기능을 설정할 수 있고, 다양한 도형틀을 활

용할 수 있습니다.

ㄹ **자**: 직선, 원형, 타원형 등 다양한 선을 그을 수 있는 자를 쓸 수 있습니다.

ㅁ **재료**: 옷 무늬 등에 쓸 수 있는 텍스처를 활용할 수 있습니다.

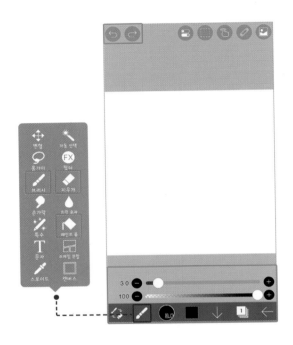

'이비스 페인트 X'가 다양한 기능들을 제공해서 섬세한 작화 작업을 할 수 있지만, 북모티콘을 제작하다 보면 자주 사용하는 메뉴만 사용하게 됩니다. 모든 기능을 알면 더욱 세밀하고 섬세한 작업을 할 수 있겠지만, 이 책에서는 자주 사용하는 메뉴에 대해서만 소개하도록 하겠습니다.

브러시 선택하기

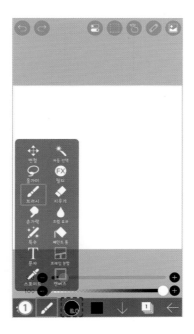

① 메인 도구 모음에 있는 브러시 모양의 '**도구 선택**' 메뉴를 선택한 후 도
구 선택 창에 있는 '**브러시**'를 선택합니다. 또는 메인 도구 모음에 있는
동그라미 모양의 '**속성**' 메뉴를 선택합니다.

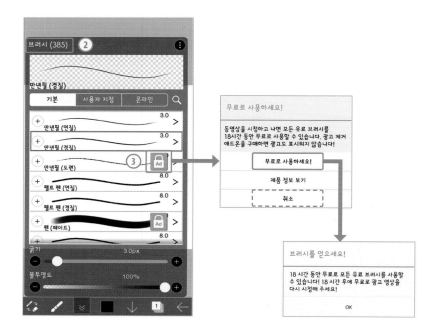

② 다양한 브러시를 선택할 수 있습니다. 브러시의 종류에 따라 그림의 느낌과 감성이 달라지기 때문에 표현하고자 하는 형식에 맞춰 브러시를 선택합니다.

③ 자물쇠 모양을 선택할 경우, 일정 시간(20~30초) 동안 광고를 시청하면 유료 브러시를 제한된 시간 동안 무료로 반복해서 사용할 수 있습니다.

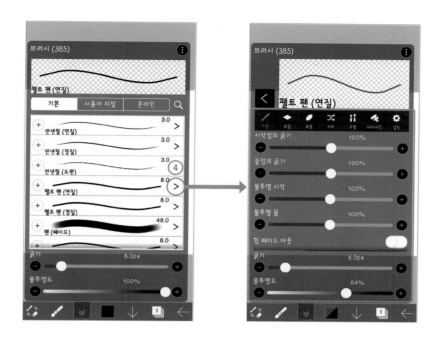

④ 세부 설정 버튼을 선택하면 시작점과 끝점의 굵기와 불투명도 등 선택
한 브러시의 설정을 세부적으로 조절할 수 있습니다.

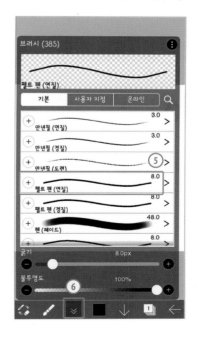

⑤ '펠트 펜(연질)' 브러시를 선택합
니다.

⑥ 메뉴 닫기 버튼을 눌러 캔버스
로 이동합니다.

기초 다지기

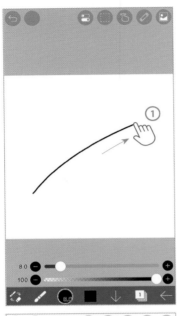

① 캔버스에 손가락을 올리고 드래 그하듯 선을 그립니다.

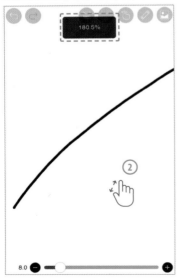

② 캔버스에 손가락 두 개를 올리 고 벌리듯 드래그하면 캔버스를 확대해서 볼 수 있고, 확대된 정 도를 확인할 수 있습니다. 섬세 하고 세밀하게 그림을 그려야 할 때 유용한 기능입니다.

③ 캔버스에 손가락 두 개를 올리
고 모으듯 드래그하면 캔버스를
축소해서 볼 수 있으며, 축소된
정도를 확인할 수 있습니다. 전
체적인 그림을 확인할 때 자주
사용하게 되는 기능입니다.

④ 캔버스에 손가락 두 개를 올리
고 회전하듯 돌리면 캔버스를
회전할 수 있습니다.

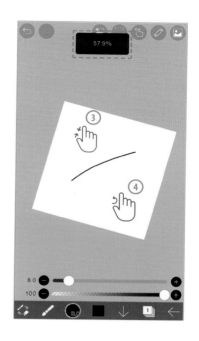

캔버스를 원래 크기로 화면에 맞
춥니다.

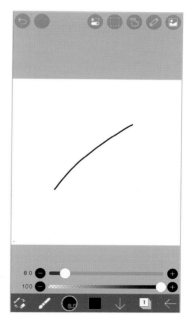

⑤ 메인 도구 모음에 있는 '**브러시/
지우개 변환**' 메뉴를 선택해서
브러시를 지우개로 변환합니다.

⑥ 캔버스에 있는 선을 지워보겠습
니다. 선을 따라서 손가락을 움
직이면서 지우다 보면, 화면과
같이 깔끔하게 지워지지 않거나
원하지 않는 부분이 지워지는
경우가 많습니다.

⑦ 이때 '**실행취소**' 버튼을 여러 번
누르면 이전 작업들이 취소되면
서 캔버스가 새것처럼 깨끗해집
니다. 지우개는 캔버스를 확대
해서 세밀한 부분을 섬세하게
지울 때 사용하는 것이 좋습니
다.

'실행취소', '재실행' 손가락 단축키

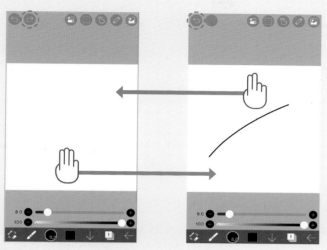

캔버스에 손가락 두 개를 올리고 가볍게 한 번 터치하면 실행취소가 됩니다. 손가락 세 개를 올리고 가볍게 한 번 터치하면 재실행됩니다. 터치하는 만큼 이전에 실행했던 작업들이 취소되거나 재실행되기에, '실행취소'나 '재실행' 버튼을 누르지 않고 편하게 사용할 수 있습니다.

'실행취소'와 '재실행'에는 제한이 없으며, 실행취소를 연속으로 누를 경우 처음 캔버스를 생성한 상태로 돌아가게 됩니다.

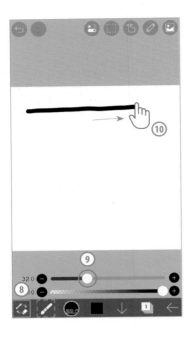

⑧ 메인 도구 모음에 있는 '**브러시/ 지우개 변환**' 메뉴를 선택해서 지우개를 브러시로 변환합니다.

⑨ 브러시 굵기를 조절할 수 있는 동그라미 바를 왼쪽 1/3 지점으로 이동합니다.

⑩ 캔버스 상단에 손가락을 올리고 드래그하듯 가로로 선을 긋습니다.

⑪ 브러시 굵기를 조절할 수 있는 동그라미 바를 오른쪽 1/3 지점으로 이동합니다.

⑫ 캔버스에 손가락을 올리고 가로로 선을 그으면, 브러시 굵기 조절에 따라 선의 굵기가 달라진 것을 확인할 수 있습니다.

⑬ 불투명도를 조절할 수 있는 동
그라미 바를 가운데 지점으로
이동합니다.

⑭ 캔버스에 손가락을 올리고 가로
로 선을 그으면, 불투명도 조절
에 따라 선의 불투명도가 달라
진 것을 확인할 수 있습니다.

불투명도를 조절할 수 있는 동그
라미 바가 오른쪽으로 이동하면 선
이 진하게, 왼쪽으로 이동하면 선이
연하게 나타납니다.

⑮ 메인 도구 모음에 있는 '**색상**' 메
뉴를 활용해 색상을 변경해 보
겠습니다.

⑯ 색상 선택기 바깥 동그라미에서 원하는 색상을 선택합니다.

⑰ 앞서 선택한 색상보다 더 세밀하게 원하는 색을 선택할 수 있습니다.

⑱ 색상 선택 후 메뉴 닫기 버튼을 눌러 캔버스로 이동합니다.

⑲ 색상을 변경하면 '**색상**' 메뉴가 선택한 색상으로 변경됩니다.

⑳ 캔버스에 손가락을 올리고 가로로 선을 그으면, 선택한 색상에 따라 선의 색상이 변경된 것을 확인할 수 있습니다.

불투명 정도

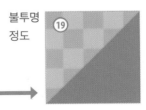

선택한 색상

그림을 그리다 보면 다양한 색상을 사용하기도 하고, 이전에 사용했던 색상을 다시 사용해야 하는 경우도 있습니다. 이전에 사용했던 색상으로 변경하는 간단한 방법에 대해 알아보겠습니다.

㉑ 캔버스에서 이전에 사용했던 색상을 손가락으로 1초 정도 꾹 누르면 돋보기 모양이 나오면서 선택한 색상으로 변경됩니다.

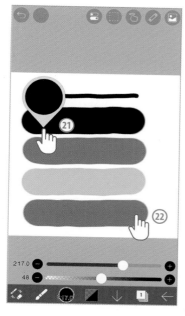

㉒ 캔버스에 손가락을 올리고 가로로 선을 그으면, 이전에 사용한 색상으로 변경된 것을 확인할 수 있습니다.

> 주의 선택한 색상과 달라 보이는 이유는 이전 색상과의 불투명도 차이 때문입니다.

㉓ '실행취소' 버튼을 여러 번 눌러서 캔버스를 비웁니다.

Tip **이런 실수 자주 해요! – "그림이 안 그려져요."**

이비스 페인트에서 작업을 하다 보면, 실수로 빈 캔버스가 눌려 자동으로 색상이 변경되는 경우가 있습니다. 이때 '색상' 메뉴를 살펴보면 브러시의 색상이 흰색으로 변경된 걸 알 수 있습니다. 흰색 캔버스에 흰색 브러시로 그림을 그리면 당연히 그린 그림이 보이지 않습니다.

① 색상을 변경하기 위해 **'색상'** 메뉴를 선택합니다.

② 색상 선택기에서 원하는 색상을 선택합니다.

③ 또는 '다음' 버튼을 누릅니다.

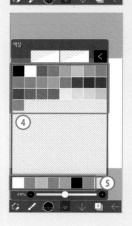

④ 자주 사용하는 색상이 팔레트에 보관되어 있어서 원하는 색을 선택할 수 있습니다.

⑤ 사용했던 색상들이 보관되어 있어서 전에 썼던 색을 다시 선택할 수 있습니다.

애니메이션 북모티콘
제작 실습

캐릭터 그리기

밥주걱 캐릭터가 오른쪽 팔을 위, 아래로 흔들면서 인사하는 애니메이션 북모티콘을 제작해 보겠습니다.

앞서 살펴봤듯이 결과적으로 보면 오른쪽 팔이 위, 아래로 각각 움직이는 이미지 2장이 필요하지만, 이렇게 색칠까지 되어 있는 북모티콘을 제작하기 위해서는 몇 장의 레이어를 활용해서 이미지를 그려야 할까요? 실습 과정을 통해 차근차근 설명하도록 하겠습니다.

① 브러시 굵기는 가늘게, 불투명도는 100%로 진하게 설정합니다.

② 캔버스에 밥주걱 캐릭터의 움직
  임이 없는 부분을 그립니다.

앞서 설명했듯이 움직임이 있는
오른팔을 원본 레이어에 그리게 되
면, 다른 동작을 그릴 때 이전에 그
렸던 부분을 지우고 다시 그려야 하
는 불편함이 있습니다. 이러한 방식
이 틀린 방법은 아니지만, 하나의 레
이어에 모든 작업을 수행하게 되면
수정이 매우 불편하기 때문에 여러
개의 레이어를 활용하는 것이 편리
합니다.

③ '레이어' 메뉴를 누릅니다.

1번 레이어에 그린 그림이 왼쪽
미리보기 창에 나타납니다.

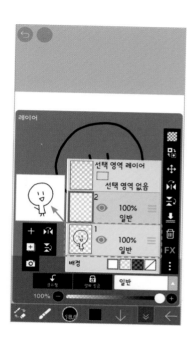

④ 레이어 추가 '+' 메뉴를 누르면,
1번 레이어 위에 2번 레이어가
생성됩니다.

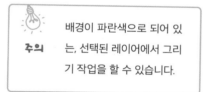

배경이 파란색으로 되어 있
주의 는, 선택된 레이어에서 그리
기 작업을 할 수 있습니다.

⑤ '메뉴 닫기' 버튼을 눌러서 캔버
스로 이동합니다.

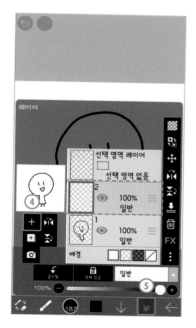

⑥ 움직임이 있는 오른쪽 팔을 위쪽으로 향하게 그립니다.

 이런 실수 자주 해요! - "그림이 안 지워져요."

그림을 그리다 보면 마음에 들지 않는 부분이 있거나 수정이 필요할 경우 부분적으로 지우고 다시 그리기를 반복하는 경우가 많습니다. 방금 그린 오른쪽 팔을 지우기 위해 브러시를 지우개로 변경하고, 오른쪽 팔 위치에 손가락으로 드래그해서 지우다 보면 원하는 부분이 아닌 엉뚱하게 다른 레이어에 있는 몸통 부분이 지워지거나 아예 지워지지 않는 경우가 있습니다.

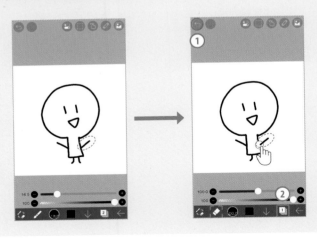

① '실행취소' 버튼을 눌러서 지우기 이전 상태로 돌아갑니다.
② '레이어' 메뉴를 선택합니다.

이런 경우는 오른쪽 팔이 있는 2번 레이어가 아니라 1번 레이어가 선택되어 있어서 몸통 부분이 지워졌던 겁니다. 레이어를 여러 개 생성해서 그리기 작업을 하다 보면 의도하지 않게 다른 레이어를 선택하는 경우가 굉장히 많습니다.

──── 선택하지 않은 레이어

──── 선택한 레이어

(중요! 선택한 레이어는 **파란색 배경**으로 표시됩니다.)

③ 지우려고 하는 오른쪽 팔이 있는 2번 레이어를 선택합니다. 선택한 레이어는 배경이 파란색으로 변경됩니다.

④ '메뉴 닫기' 버튼을 눌러 캔버스로 이동합니다.

⑤ 선택한 레이어 번호가 표시됩니다.

⑥ 오른쪽 팔 부분을 손가락으로 드래그하면 원하는 부분을 제대로 지울 수 있습니다.

오른쪽 팔이 아래로 향하는 그림을 그리기 위해 레이어를 추가해야 합니다.

⑦ '레이어' 메뉴를 선택합니다.

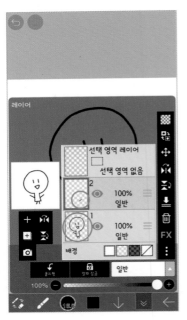

1번 레이어에 있는 몸통 부분 그림과 2번 레이어에 있는 오른쪽 팔이 위로 향한 그림이 왼쪽 미리보기 창에 겹쳐서 보입니다.

⑧ '+'(레이어 추가) 메뉴를 선택해
서, 2번 레이어 위에 3번 레이어
를 생성합니다.

⑨ '메뉴 닫기' 버튼을 눌러 캔버스
로 이동합니다.

⑩ 움직임이 있는 오른쪽 팔을 아
래쪽으로 향하게 하여 그립니
다.

태블릿이 아닌 스마트폰의 작은 화면에서 여러 메뉴를 활용해서 그리기 작업을 하다 보면 의도하지 않게 다른 메뉴가 눌리는 경우가 많습니다. 아래 그림과 같이 브러시 굵기와 불투명도를 조절할 수 있는 메뉴가 사라지고, 다른 메뉴도 투명하게 보이는 경우가 있습니다.

화면이 이렇게 되는 이유는 아래로 화살표 모양의 '전체 화면 보기'를 눌렀기 때문입니다. '전체 화면 보기' 메뉴는 캔버스를 확대해서 그리기 작업을 할 때 메뉴에 가려지는 부분 없이 캔버스의 일러스트를 전체 화면으로 볼 수 있는 기능입니다. 위쪽을 향한 화살표 모양의 '전체 화면 보기 닫기' 메뉴를 선택하면, 이전과 같이 모든 메뉴가 나타납니다.

색칠하기

다양한 색상을 활용해서 밑그림에 색칠을 하면 더욱 입체적인 북모티콘을 제작할 수 있습니다. 색칠하는 방법에 대해 알아보겠습니다.

밑그림에 색칠을 할 때 몸통 부분이 있는 1번 레이어에 직접 색을 입히는 것보다 새로운 레이어를 만들어서 색을 칠하는 것이 좋습니다. 몸통 부분이 있는 1번 레이어에 직접 색을 칠할 경우 다른 색으로 변경하거나 수정을 할 때 밑그림과 색칠한 부분을 분리하기가 쉽지 않습니다. 편리하고 자유로운 수정 작업을 위해 새로운 레이어를 생성하도록 합니다.

① '레이어' 메뉴를 선택합니다.

1번 레이어에 있는 몸통 부분 그림과 2번 레이어에 있는 오른쪽 팔이 위로 향한 그림, 3번 레이어에 있는 오른팔이 아래로 향한 그림이 왼쪽 미리보기 창에 겹쳐서 보입니다.

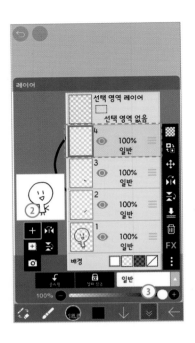

② 레이어 추가 '+' 메뉴를 선택해서, 3번 레이어 위에 4번 레이어를 생성합니다.

③ '메뉴 닫기' 버튼을 눌러 캔버스로 이동합니다.

④ '색상' 메뉴를 선택합니다.

⑤ 원하는 색상을 선택한 후, '**메뉴 닫기**' 버튼을 눌러 캔버스로 이 동합니다.

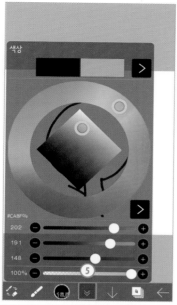

⑥ 캔버스 위에 손가락 두 개를 올 리고 드래그해서 캔버스를 적당 하게 확대합니다. 색칠할 때 밑 그림을 확대하면 더욱 세밀한 부분까지 섬세하게 색칠할 수 있습니다.

⑦ 브러시의 굵기와 불투명도를 적 당히 조절합니다.

넓은 부분을 색칠할 때 브러시는 얇은 것보다 두꺼운 것이 편리하며, 선택한 색상이 너무 진하지 않게 불투명도를 조절해서 적당한 색감으로 표현하도록 합니다.

⑧ 손가락으로 드래그하면서 색칠
합니다. 밑그림을 넘어서 색칠해
도 괜찮습니다.

색칠하다 보면 색상이 밑그림과
겹쳐지는 부분은 밑그림이 흐리게
보이면서 그림의 완성도가 떨어져
보입니다.

색칠 작업을 한 4번 레이어가 가
장 위에 위치해 있으면, 밑그림에 해
당하는 1, 2, 3번 레이어를 덮은 상
태로 보이기 때문에 레이어의 위치
를 변경해야 합니다.

⑨ '레이어' 메뉴를 선택합니다.

⑩ 4번 레이어에 있는 가로 세 줄
모양의 '레이어 이동' 버튼을 선
택한 후 드래그해서 1번 레이어
아래로 이동합니다.

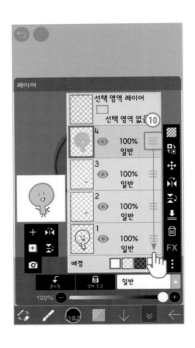

4번이었던 레이어가 1번 레이어 위치로 이동하면서, 레이어의 번호도 변경되고 왼쪽 미리보기 창에 밑그림이 선명하게 보이는 것을 확인할 수 있습니다.

⑪ '메뉴 닫기' 버튼을 눌러 캔버스로 이동합니다.

⑫ 입 모양의 밑그림에도 색을 칠하기 위해 '색상' 메뉴를 선택합니다.

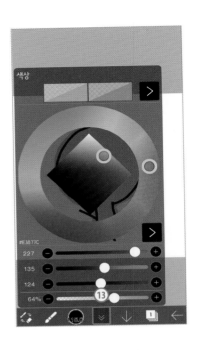

⑬ 원하는 색상을 선택한 후, '**메뉴
닫기**' 버튼을 눌러 캔버스로 이
동합니다.

⑭ 입 모양 밑그림에 맞춰 손가락
으로 드래그하면서 색칠합니다.

밑그림에 맞춰 색을 칠하다 보면, 세밀한 부분을 색칠할 때 화면을 최대한 확대하고 브러시의 굵기를 아무리 얇게 만들어도 밑그림 바깥 부분에 색이 칠해지는 경우가 있습니다. 밑그림 안쪽으로만 정확하게 색을 채우는 일은 여러 번 반복해서 손이 가다 보니 여간 번거로운 작업이 아닙니다.

한 번의 터치로 손쉽게 색을 채울 수 있는 방법에 대해 알아보겠습니다.

⑮ '**실행취소**' 버튼을 눌러서 입 모양 밑그림을 채우기 이전 상태로 돌아갑니다.

⑯ 브러시 모양의 '**도구 선택**' 메뉴를 선택한 후 도구 선택 창에 있는 '**페인트 통**' 메뉴를 선택합니다.

⑰ '**도구 선택**' 메뉴가 '**페인트 통**'으로 변경되고, 입 모양의 밑그림 안쪽 부분을 손가락으로 터치하면 해당 부분에 색상이 밑그림에 맞춰 자동으로 채워집니다. 이러한 방식으로 '**페인트 통**'을 활용해서 밥주걱 캐릭터의 얼굴과 몸통 부분의 밑그림에 맞춰 정확하게 색을 칠할 수 있습니다.

> **주의** '페이트 통'을 사용할 때에는 밑그림 부분이 반드시 이어져 있어야 합니다. 이어져 있지 않은 경우 바깥 부분까지 색이 채워집니다.

그림을 꾸미기 위해 밥주걱 캐릭터 얼굴에 볼 터치를 그려보겠습니다.

⑱ 페인트 통으로 변경된 '**도구 선택**' 메뉴를 선택한 후 도구 선택 창에 있는 '**브러시**'를 선택합니다.

⑲ '**색상**' 메뉴를 누릅니다.

⑳ 원하는 색상을 선택한 후, '메뉴 닫기' 버튼을 눌러 캔버스로 이 동합니다.

㉑ 브러시의 굵기와 불투명도를 적 당히 조절합니다.

㉒ 볼 터치를 그립니다.

㉓ 캔버스 위에 손가락 두 개를 올리고 안쪽으로 모으듯 드래그하여 캔버스를 축소해서 전체 이미지를 확인합니다.

이로써 움직임이 있는 애니메이션 북모티콘을 제작하기 위한 그림을 모두 완성했습니다. 이렇게 제작한 그림을 각각의 이미지로 저장하는 방법에 대해 알아보겠습니다.

이미지로 저장하기

그림을 그리는 과정에서 수정을 편하게 하기 위해서 여러 개의 레이어를 사용해서 그림을 그리다 보니 전체적인 이미지는 색칠한 부분(1번 레이어), 움직임이 없는 몸통 그림(2번 레이어), 오른쪽 팔이 위로 향하는 그림(3번 레이어), 오른쪽 팔이 아래로 향하는 그림(4번 레이어)이 겹쳐져서 그림과 같이 오른쪽 팔이 위, 아래로 두 개 있는 그림으로 보입니다.

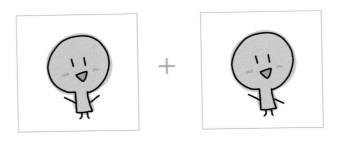

오른쪽 팔을 위, 아래로 흔들면서 인사하는 북모티콘을 제작하기 위해서는 '움직임이 없는 몸통과 오른쪽 팔이 위로 향하는 그림'과 '움직임이 없는 몸통과 오른쪽 팔이 아래로 향하는 그림' 두 장이 필요합니다.

이렇게 필요한 두 장의 이미지를 저장하는 방법에 대해 알아보겠습니다.

① '레이어' 메뉴를 선택합니다.

1번 레이어부터 4번 레이어까지 겹치면서 왼쪽 미리보기 창에 전체 이미지가 보입니다.

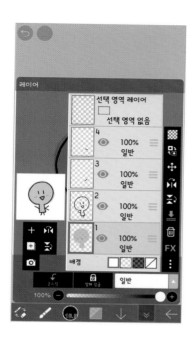

② 4번 레이어의 눈동자 모양의 버튼을 누르면, 해당 레이어가 비활성화되면서 1번 레이어에서 3번 레이어까지만 겹칩니다. 왼쪽 미리보기 창에 '움직임이 없는 몸통과 오른쪽 팔이 위로 향한 이미지'가 보입니다.

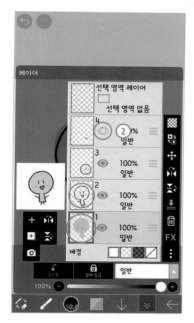

③ '돌아가기' 메뉴를 누르면 '설정'과 '저장하기' 메뉴가 나옵니다.

④ 'PNG로 저장하기'를 선택합니다.

'Pictures 폴더에 저장되었습니다.'라는 메시지가 나오면서 해당 이미지가 스마트폰에 저장됩니다.

⑤ 다른 이미지를 저장하기 위해 '레이어' 메뉴를 누릅니다.

⑥ 3번 레이어의 눈동자 모양 버튼을 눌러서 해당 레이어를 비활성화합니다.

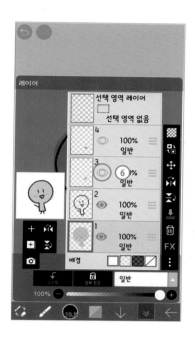

⑦ 4번 레이어의 눈동자 모양의 버튼을 누르면, 해당 레이어가 다시 활성화되면서, 1번 레이어, 2번 레이어, 4번 레이어가 겹치고 왼쪽 미리보기 창에 '움직임이 없는 몸통과 오른쪽 팔이 아래로 향한 이미지'가 보입니다.

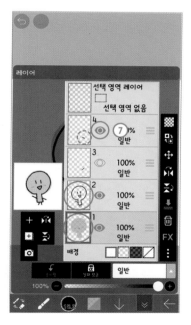

⑧ '돌아가기' 메뉴를 누릅니다.

⑨ 'PNG로 저장하기'를 선택합니다.

'Pictures 폴더에 저장되었습니다.'라는 메시지가 나오면서 해당 이미지가 스마트폰에 저장됩니다.

이로써 움직임이 있는 애니메이션 북모티콘으로 제작하기 위한 이미지를 모두 저장했습니다.

캔버스 저장하기

'이비스 페인트 X'에서 그림 그리기 작업을 하다 보면, 통화를 하거나 다른 앱을 사용해야 해서 '이비스 페인트 X'를 강제로 종료해야 하는 경우가 생깁니다. 다행히 자동 저장하기 기능을 지원하기 때문에 의도하지 않았는데 프로그램이 종료된 경우에도 '이비스 페인트 X'를 재실행해서 그리기 작업을 이어서 할 수 있습니다.

하지만 모든 소프트웨어 프로그램이 그렇듯 알 수 없는 오류가 발생하기도 하고, 저장이 되더라도 몇몇 과정이 누락되는 경우가 있기 때문에 최대한 안전하게 저장하는 방법에 대해 알아보겠습니다.

① **'돌아가기'** 메뉴를 누릅니다.

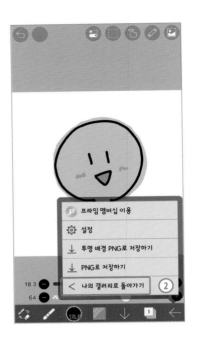

② **'나의 갤러리로 돌아가기'**를 선택
   하면 해당 캔버스를 안전하게
   저장할 수 있습니다.

'+' 모양의 캔버스 만들기 버튼
을 선택하면 새로운 그림 그리기 작
업을 할 수 있으며, **'편집'** 버튼을 선
택하면 저장한 캔버스를 수정하거나
추가 작업을 이어서 할 수 있습니다.

따라 그리기

스마트폰이나 태블릿에서 그림
을 그리다 보면 종이의 질감이 아닌
액정 화면의 이질감이 느껴집니다.
터치펜이 없는 경우 스마트폰의 작
은 화면에 손가락으로 그림을 그리
는 게 쉽지 않습니다. 이때 제작노트
에 그린 그림을 카메라로 찍어서 '이

비스 페인트 X' 앱에서 사진을 불러와 윤곽선을 따라서 그리면 수월하게
그리기 작업을 할 수 있습니다.

책에 있는 그림을 찍어서 '이비스 페인트 X' 앱에서 따라 그리기를 연
습해 보겠습니다.

① 스마트폰이나 태블릿에서 '카
    메라' 앱을 선택합니다.

② 사진의 화면 비율을 1:1로 설정
합니다.

③ 카메라 화면 안에 그림이 들어
오게 한 후 사진을 찍습니다.

④ '이비스 페인트 X' 앱 실행 후, '나
의 갤러리' 메뉴를 선택합니다.

⑤ '+' 모양의 캔버스 만들기 메뉴
를 누릅니다.

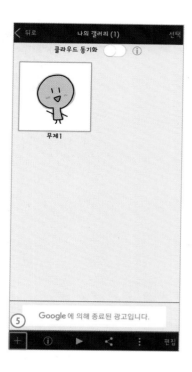

⑥ '1:1' 캔버스를 선택합니다.

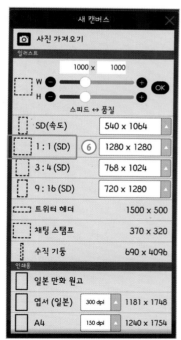

⑦ '레이어' 메뉴를 누릅니다.

⑧ 사진 불러오기 메뉴인 카메라 모양을 누르면, 갤러리(앨범) 화면이 자동으로 열립니다.

⑨ 사진을 선택합니다.

선택한 사진이 캔버스에 들어옵니다. 카메라의 해상도에 따라 불러온 사진이 캔버스 크기보다 크거나 작게 보이기도 합니다.

⑩ 파란색 선으로 표시된 불러온 사진 영역 위에 손가락 두 개를 올려 모으거나 벌리면서 그림으로 그릴 부분을 캔버스의 크기에 맞춥니다. 또는 불러온 사진 영역의 각 모서리에 있는 '파란 색 점'을 드래그하면서 그림으로 그릴 부분을 캔버스의 크기에 맞춥니다.

⑪ 그림으로 그릴 부분을 캔버스 크기에 맞췄으면 '**확인**' 메뉴를 선택합니다.

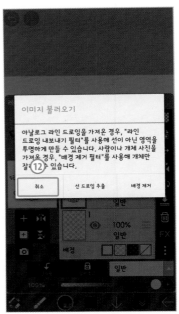

⑫ '**이미지 불러오기**' 안내 메뉴에서 '**취소**'를 선택합니다.

2번 레이어가 생성되면서 사진으로 찍은 이미지가 삽입됩니다. 이때 투명한 기름종이 역할을 하는 1번 레이어가 따라 그릴 사진이 삽입된 2번 레이어 아래 위치해 있습니다.

레이어의 위치를 변경해야 합니다. 기름종이 역할을 하는 1번 레이어를 따라 그릴 사진이 있는 2번 레이어 위에 위치하도록 합니다.

⑬ 2번 레이어에 있는 이동 버튼을 누른 후 드래그해서 2번 레이어를 1번 레이어 아래로 옮깁니다.

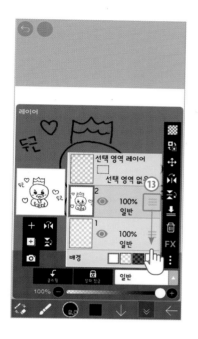

⑭ 1번 레이어의 불투명도 조절 바를 왼쪽으로 이동해서 따라 그릴 이미지의 윤곽선을 흐릿하게 보이게 설정합니다.

중요!

불투명도를 조절하지 않을 경우, 외곽선을 따라 그림을 그리다 보면 내가 그린 그림과 원본 이미지의 외곽선이 구분되지 않아서 어느 부분을 그렸는지 안 그렸는지 한눈에 알아보기 어렵습니다. 따라서 레이어의 불투명도를 낮춰서 작업하는 것이 좋습니다.

⑮ 외곽선을 따라서 그릴 투명한 기름종이 역할을 하는 2번 레이어를 선택합니다.

⑯ 메뉴 닫기 버튼을 눌러 캔버스로 이동합니다.

⑰ 캔버스 위에 손가락 두 개를 올리고 벌리듯 드래그해서 캔버스를 적당하게 확대합니다. 캔버스를 확대하면 더욱 세밀하게 따라 그리기 작업을 할 수 있습니다.

⑱ 브러시의 굵기를 밑그림의 굵기에 맞춰 조절합니다. 불투명도는 되도록 진하게 설정합니다.

⑲ 캔버스의 크기를 확대하거나 축소하면서 밑그림의 외곽선을 따라서 그림을 그립니다.

⑳ 따라 그리기 작업이 끝나면 캔버스를 축소해서 전체 이미지를 확인합니다.

　밑그림을 따라 그리다 보면 선들이 겹치면서 깔끔해 보이지 않는 부분들이 생기므로, 밑그림은 보이지 않게 설정하고 그린 그림만 저장합니다.

㉑ '레이어' 메뉴를 선택합니다.

㉒ 밑그림 역할을 한 1번 레이어의 눈동자 모양 버튼을 눌러, 해당 레이어를 비활성화 시킵니다.

㉓ '메뉴 닫기' 버튼을 눌러 캔버스로 이동합니다.

밑그림이 제거된 깔끔한 이미지만 따로 저장하거나 다른 레이어를 생성해서 색을 칠할 수 있습니다.

태블릿이나 스마트폰에서 그림 그리기 앱을 활용해서 그림을 그리는 작업은 이질감이 들기도 하고, 터치펜이 없는 경우 손가락만으로 그리는 게 쉽지 않습니다. 하지만 이런 식으로 제작노트에 그린 이미지를 카메라로 찍어서 밑그림으로 활용하면 더욱 편리하게 완성도 높은 북모티콘을 제작할 수 있습니다.

밑그림 따라 그리기 작업을 끝내고, 따라 그린 이미지만 저장하기 위해 레이어 메뉴를 눌렀는데, 기름종이 역할을 하는 2번 레이어는 비어 있고, 불러온 이미지가 있는 1번 레이어에 따라 그리기를 해버린 경우가 생길 수 있습니다.

그림 그리기 앱을 처음 사용하거나 레이어의 개념을 이해하지 못하면 이런 실수를 종종 하게 됩니다. 따라서 레이어의 개념을 정확하게 이해하고, 선택된 레이어는 배경이 파란색으로 표시된다는 걸 꼭 기억하도록 합니다.

애니메이션 북모티콘 완성하기: GIF 만들기

'이비스 페인트 X'에서 제작한 이미지를 활용해서 움직임이 있는 애니메이션 형식의 북모티콘을 제작해 보겠습니다. 정지된 이미지들을 엮어서 움직이게 할 수 있는 방식에는 GIF가 있습니다. GIF는 'Graphics Interchange Format'의 약자로 네트워크 상에서 그래픽을 압축하여 빠르게 전송하려는 목적으로 개발된 파일 형식입니다. GIF 파일로 이미지나 프레임을 결합하여 기본 애니메이션을 제작할 수 있기 때문에 인터넷에서 많이 볼 수 있는 밈meme이나 움짤 등을 제작할 때 GIF 파일을 활용하곤 합니다.

안드로이드와 iOS 모두 GIF 파일 제작을 지원하지만 제작 방식이 전혀 다르기 때문에 운영 체제별로 나눠서 안내하겠습니다.

안드로이드에서 GIF 만들기

① 스마트폰이나 태블릿에서 '갤러리' 앱을 선택합니다.

② 아래 메뉴에서 '**사진**' 메뉴를 선택합니다.

③ 우측 상단에 있는 ' ⋮ ' 메뉴를 선택합니다.

④ '**만들기**' 메뉴를 선택합니다.

안드로이드 버전에 따라 'GIF 만들기' 메뉴가 바로 보이는 경우도 있습니다.

⑤ 'GIF' 메뉴를 선택합니다.

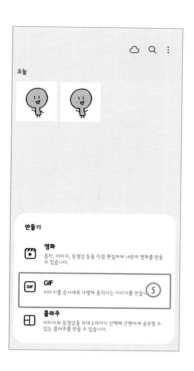

⑥ 북모티콘으로 제작할 사진을 순
  서대로 선택합니다.

⑦ 'GIF' 메뉴를 선택하면 선택한
  사진들이 GIF 형식으로 만들어
  집니다.

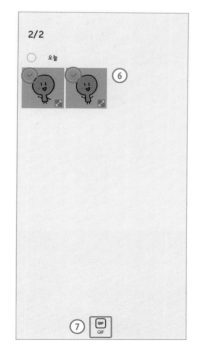

⑧ 재생 버튼을 누르면 움직임을
확인할 수 있습니다.

⑨ '속도 조절' 버튼을 선택하면, 동
그라미 바를 좌우로 이동하면서
움직임의 속도를 조절할 수 있
습니다.

⑩ '저장' 버튼을 누르면 GIF 형식
으로 저장됩니다.

⑪ GIF 형식의 북모티콘은 스마트
폰 갤러리에 저장됩니다. 저장된
북모티콘을 누르면 움직임을 확
인할 수 있습니다.

⑫ 공유하기 메뉴를 통해 문자메시
지나 카카오톡 등 각종 SNS로
전송할 수 있습니다.

iOS에서 GIF 만들기

iOS가 최신 버전인 경우, 'GIF 만들기' 단축어가 생성되어 있을 수도 있습니다. 'GIF 만들기'를 검색했는데 단축어가 있다면 167쪽에 있는 QR코드를 스캔합니다.

'GIF 만들기' 단축어가 없는 경우

① 아이폰 또는 아이패드에서 자체 '**검색**' 메뉴를 엽니다.

② '**단축어**' 입력 후 '**검색**' 버튼을 누릅니다.

③ '+' 모양의 단축어 추가 메뉴를
선택합니다.

④ '동작 추가' 메뉴를 선택합니다.

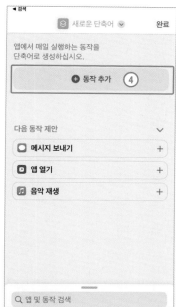

⑤ '**미디어**' 메뉴를 선택합니다.

⑥ '**사진 선택**' 메뉴를 선택합니다.

⑦ '세부 메뉴 보기'를 선택합니다.

⑧ '포함 항목'은 '모두'로 설정하고, '여러 항목 선택' 메뉴는 활성화 합니다.

⑨ 미디어 메뉴를 위로 드래그해서 엽니다.

⑩ 'GIF 만들기' 메뉴를 선택합니다.

⑪ 훑어보기 추가 '+' 메뉴를 누릅니다.

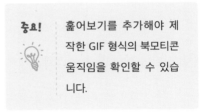

중요!

훑어보기를 추가해야 제작한 GIF 형식의 북모티콘 움직임을 확인할 수 있습니다.

⑫ '사진 앨범에 저장' 기능을 추가
합니다.

⑬ '세부 메뉴 보기'를 선택합니다.

⑭ '**이름 변경**' 메뉴를 선택한 후 '**GIF 만들기**'를 입력합니다.

⑮ '**완료**' 버튼을 누르면 '**GIF 만들기**' 단축어가 만들어집니다.

⑯ 만들어진 '**GIF 만들기**' 단축어를 활용해서 움직임이 있는 애니메이션 북모티콘을 제작할 수 있습니다.

앞에서 살펴봤듯이 iOS 운영체제에서는 단축어를 만드는 과정이 굉장히 복잡하고, 버전에 따라 화면이 다르게 보이기 때문에 이 과정에서부터 혼란을 겪는 경우가 많이 있습니다. 현장에서 프로그램을 운영하면서 겪을 수 있는 이러한 혼란을 방지하기 위해 iOS 운영체제에서 'GIF 만들기' 단축어를 쉽게 추가하는 방법에 대해 설명하겠습니다.

① QR코드를 스캔합니다.

QR코드를 스캔하면 이미 만들어진 'GIF 만들기' 단축어 추가 화면이 나타납니다.

② '단축어 추가' 메뉴를 누르면 'GIF 만들기' 단축어를 쉽게 추가할 수 있습니다.

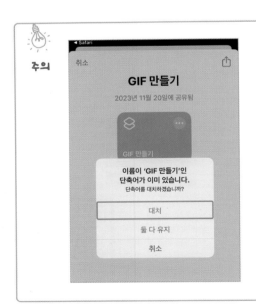

주의

iOS 최신 버전에서 'GIF 만들기' 단축어가 생성되어 있는 경우 QR코드를 스캔하고, 단축어 추가를 누르면 다음과 같은 메뉴가 생성됩니다. '대치' 메뉴를 선택해서 기존에 만들어진 단축어와 새로 추가된 'GIF 만들기' 단축어를 통합합니다.

③ **'GIF 만들기'** 단축어 메뉴를 선
   택합니다.

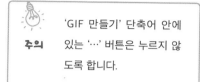
'GIF 만들기' 단축어 안에
있는 '…' 버튼은 누르지 않
도록 합니다.

④ 북모티콘으로 제작할 사진을 순
   서대로 선택합니다.

⑤ **'추가'** 메뉴를 누르면 선택한 사
   진들이 GIF 형식으로 만들어지
   고, 북모티콘의 움직임을 확인
   할 수 있습니다.
(*iOS의 경우 속도 조절 기능을 제공하
지 않습니다.)

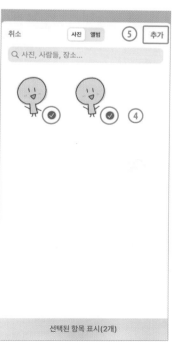

⑥ '**완료**'를 누르면 GIF 형식의 북모 티콘이 앨범에 저장됩니다.

⑦ '**공유(내보내기)**' 메뉴를 눌러서 카카오톡이나 문자메시지 등 각 종 SNS로 전송할 수도 있습니다.

 GIF를 제작할 수 있는 앱

현장에서 프로그램을 운영하다 보면 참여자들이 사용하는 스마트폰이나 태블릿의 종류와 운영체제 가 매우 다양합니다. 샤오미폰이나 일부 저가형 스 마트폰의 안드로이드 운영체제에서는 GIF 만들기 기능을 제공하지 않는 경우가 있습니다. 이럴 때는 GIF를 제작할 수 있는 앱을 다운로드 받아서 설치 해야 합니다.

구글 플레이스토어에서 'ImgPlay-움짤만들기' 앱 을 무료로 설치할 수 있습니다.

① 스마트폰에 설치된 '**ImgPlay**' 앱을 엽니다.

② '시작하기' 메뉴를 선택합니다.

③ 'ImgPlay' 앱에서 사진을 사용할 수 있도록 액
세스 '허용' 메뉴를 선택합니다.

④ '사진으로 만들기' 메뉴를 선택합니다.

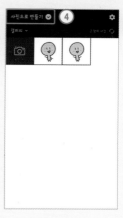

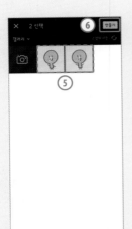

⑤ 북모티콘으로 제작할 사진을 순서대로 선택합니다.

⑥ '만들기' 메뉴를 선택합니다.

⑦ 동그라미 바를 좌우로 이동하면서 움직임의 속도를 조절합니다.

⑧ '다음' 메뉴를 선택하면 북모티콘의 움직임을 확인할 수 있습니다.

⑨ '저장' 메뉴를 선택합니다.

⑩ '**GIF 고화질**' 메뉴를 선택하면, GIF 형식의 북모
티콘이 갤러리에 저장됩니다.

북모티콘 Book-moticon
제작노트

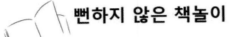 뻔하지 않은 책놀이

북모티콘

Book-moticon

제작노트

도서관
이름:

Copyright © booktrailer.co.kr All rights reserved.

저작물 이용허락 동의서

본인은 북모티콘을 활용한 독서활동 프로그램에 참여하면서
작성한 제작노트와 북모티콘 작품 등의 창작물에 대한 상업적
이용을 제한하고, 교육적 활용과 일상의 공유에 동의하며,
_____도서관 및 참여자에게 자유로운 이용허락을
동의합니다.

제작한 북모티콘은 상업적으로 이용되지 않고,
독서교육과 독서문화 증진을 위한 홍보용(비영리)으로만 사용되며,
참여자들이 일상에서 공유 및 활용됨을 알려드립니다.

20　년　월　일　이름 :　　　　　　　　(서명)

| 선정도서 내용 정리하기

도서명	
저자	출판사

인상적인 장면

인상적인 구절(내용)＿＿＿＿＿＿＿＿＿＿＿＿＿＿＿＿＿＿＿＿ (페이지 표시)

마인드맵 표현하기(등장인물, 캐릭터, 감정, 심리, 상황 등)	선정 키워드
	＿＿＿＿＿＿＿＿ ＿＿＿＿＿＿＿＿ ＿＿＿＿＿＿＿＿ ＿＿＿＿＿＿＿＿ ＿＿＿＿＿＿＿＿ ＿＿＿＿＿＿＿＿

| 감정 표현 연습하기

감정 표현하기

그대로 그리면서 감정 표현 연습하기

다른 감정 표현하기

( ) ( ) ( ) ( ) ( ) ( )

( ) ( ) ( ) ( ) ( ) ( )

분류	감정어휘
기쁨(喜)	기쁘다, 들뜨다, 살맛나다, 설레이다, 신나다, 반갑다, 감사하다, 신명나다, 신바람나다, 우습다, 유쾌하다, 통쾌하다, 만족하다, 재미있다, 즐겁다, 행복하다, 황홀하다, 흐뭇하다, 자랑스럽다, 흥겹다, 흥나다, 흥분하다, 두근거리다, 편안하다, 안도하다
슬픔(哀)	쓸쓸하다, 애처롭다, 외롭다, 고독하다, 허전하다, 우울하다, 울적하다, 슬프다, 불행스럽다, 서럽다, 비참하다, 불쌍하다, 측은하다, 처참하다, 암담하다, 절망스럽다, 안쓰럽다, 처량하다, 혼란스럽다, 풀이 죽다, 괴롭다, 버겁다, 착잡하다, 애잔하다, 염려스럽다, 서글프다
노여움(怒)	격분하다, 분하다, 성질나다, 속상하다, 툴툴대다, 노여워하다, 분개하다, 신경질나다, 약오르다, 짜증나다, 화나다, 사납다, 날카롭다, 분통터지다, 흥분하다, 원망하다, 탓하다, 불쾌하다, 언짢다, 비통하다, 모욕스럽다, 경멸스럽다
두려움(懼)	두렵다, 무섭다, 불안하다, 겁나다, 공포스럽다, 긴장하다, 노심초사하다, 뒤숭숭하다, 경악하다, 섬찟하다, 주눅들다, 떨리다, 기겁하다, 기절초풍하다, 놀라다, 당황하다, 취약하다, 회의적이다, 걱정하다, 초조하다, 스트레스 받다, 절망적이다, 창피하다
좋아함(愛)	감미롭다, 귀엽다, 끌리다, 도취하다, 매료되다, 매혹하다, 반하다, 사랑하다, 아름답다, 예쁘다, 정겹다, 좋아하다, 평온하다, 호감가다, 감격하다, 감동하다, 상쾌하다, 자랑하다
싫어함(惡)	경멸하다, 밉다, 싫다, 얄밉다, 역겹다, 비위상하다, 증오하다, 불평하다, 혐오하다, 갑갑하다, 답답하다, 귀찮다, 불편하다, 치사하다, 불신하다, 의심하다, 외면하다, 지루하다, 시기하다, 질투하다, 냉담하다, 난처하다, 서먹하다, 심심하다, 싫증나다, 성가시다, 불만스럽다
바람(慾)	갈망하다, 바라다, 소망하다, 욕심나다, 서운하다, 섭섭하다, 아깝다, 불만족하다, 갈등하다, 동요하다, 망설이다

│ 북모티콘 연습하기(캐릭터 구상하기)

선정도서를 바탕으로 자신만의 캐릭터를
그려봅니다.

이비스 페인트 X
- 안드로이드
- 아이폰

MediBang Paint
- 안드로이드
- 아이폰

Procreate
- 아이패드

앱 설치하기

스마트폰 또는 태블릿에 설치합니다.

이비스 페인트 X
(안드로이드, 아이폰 모두 설치 가능)

MediBang Paint
(안드로이드, 아이폰 모두 설치 가능)

Procreate
(아이패드에서만 설치 가능)

| 스티커 북모티콘 스케치 연습 1 (감정·표정의 형상화)

설명:

설명:

설명:

설명:

설명:

설명:

| 스티커 북모티콘 스케치 연습 2 (행동·상황의 형상화)

설명:

설명:

설명:

설명:

설명:

설명:

ㅣ 스티커 북모티콘 스케치 연습 3 (사물의 형상화)

설명:

설명:

설명:

설명:

설명:

설명:

| 애니메이션 북모티콘 구상하기

(구상하기 1)

(레이어 1)	(레이어 2)	(레이어 3)	(레이어 4)
(레이어 5)	(레이어 6)	(레이어 7)	(레이어 8)
(레이어 9)	(레이어 10)	(레이어 11)	(레이어 12)
(레이어 13)	(레이어 14)	(레이어 15)	(레이어 16)

(구상하기 2)

(레이어 1)	(레이어 2)	(레이어 3)	(레이어 4)
(레이어 5)	(레이어 6)	(레이어 7)	(레이어 8)
(레이어 9)	(레이어 10)	(레이어 11)	(레이어 12)
(레이어 13)	(레이어 14)	(레이어 15)	(레이어 16)

(구상하기 3)

(레이어 1)	(레이어 2)	(레이어 3)	(레이어 4)
(레이어 5)	(레이어 6)	(레이어 7)	(레이어 8)
(레이어 9)	(레이어 10)	(레이어 11)	(레이어 12)
(레이어 13)	(레이어 14)	(레이어 15)	(레이어 16)

책 속 캐릭터가 팡팡
북모티콘 만들기

1판 1쇄 인쇄   2024년 3월 15일
1판 1쇄 발행   2024년 3월 15일

지은이   최용훈
펴낸이   한기호
책임편집   서정원
편집   여문주, 박혜리, 송원빈, 이선진
본부장   연용호
마케팅   하미영
경영지원   김윤아
디자인   블랙페퍼디자인
인쇄   예림인쇄

펴낸곳   (주)학교도서관저널
출판등록   제2009-000231호(2009년 10월 15일)

주소   121-839 서울시 마포구 동교로 12안길 14 3층
전화   02-322-9677
팩스   02-322-9678
전자우편   slj9677@gmail.com
홈페이지   www.slj.co.kr

ISBN 978-89-6915-162-9

책값은 뒤표지에 있습니다.

이 도서의 국립중앙도서관 출판예정도서목록(CIP)은
서지정보유통지원시스템 홈페이지(http://seoji.nl.go.kr)와
국가자료공동목록시스템(http://www.nl.go.kr/kolisnet)에서
이용하실 수 있습니다.(CIP제어번호: CIP2017020387)